辻村深月

使者（ツナグ）
思念之人
想い人の心得

高詹燦——譯

導讀——

生者與死者最後的會面，遺憾而圓滿

《甘願綻放》作者 許菁芳

使者是安排生者與死者會面的人——在人世間接受生者的委託，與死者交涉，安排雙方聚會。

不過，這是一生僅有一次的機會。見了眼前的死者，就再也不能召喚其他死者會面。甚至，對死者來說，面會生者也是僅有一次的機會。一旦允諾會晤眼前生者，就再也不能見到其他想見的人。

如果能與死者見面，你想見誰？

這是辻村深月第二本關於使者的著作。於二〇一一年出版的《使者》大獲好評，不但獲得吉川英治文學新人賞，也立刻被改拍成電影。辻村深月不愧是早慧又傑出的小說家，《使者》的設定極為精緻，故事鋪陳也絲絲入扣，引人入勝。使者原來是一種家傳的職業，從年事已高的祖母手上要傳承給年輕帥氣的孫子，步美。以見習者身分投入使者工作的步美，一邊會見當事人，傾聽、陪伴、見證他們與死者會面的衝擊，一邊也逐漸了解自己父母早逝的真相。

《使者：思念之人》雖是續集，但獨立成書，任何讀者都可以中途加入，與使者一同踏上生死之交的旅途。一開場出現的是個眼神慧黠，成熟穩重的小女孩。「我就是您等候的那位使者」——咦，等等，那個帥氣的使者步美去哪裡了？隨著小女孩杏奈完成第一個委託任務，從生死者會面的旅館走出，一頭鑽進等候的車子倒頭大睡，鏡頭轉向駕駛座——喔，太好了，是步美本人。故事順利地銜接而上，並流暢地展開。委託人的樣貌仍然大同小異，懷抱著懷疑、期待、不安而來。人生存有一段隱而未決的遺憾，需要透過與死者的會晤才能安放。

遺憾大多與人倫情感有關。例如，疏離的父子。正要嶄露頭角的年輕演員，見到了在自己人生中缺席的父親。看似前途光明的兒子心裡始終隱隱不安，「我會不會成為跟父親一樣的窩囊廢？」當父親以生前的姿態出現——一個滿身酒味的酒鬼，如蝗蟲般弓著身體趴在地上，以卑微的姿態向兒子行禮道歉——真是滿腹怨氣。但情場受挫的年輕兒子也忍不住對父親坦承：我有喜歡的女孩，但自己隨便又花心（這一點一定是父親遺傳給我的，可惡）。身為酒鬼的父親，仍然滿心祝福兒子的父親：也許兒子真的會複製父親的命運，但是複製命運不是為了受苦，而是在同一個坎上，再次獲得幸福的機會。

使者的任務之中，絕大多數的相聚是為了幫助生者面對未了結的遺憾；但也有少數的情況，是為了替死者圓滿生前的期盼。

櫻花將開的季節，使者總是會接到一位蜂谷老先生的電話。年事已高的蜂谷先生，是著名高級料理店的老師傅，事業成功，家庭美滿，但心上總是掛念著少時東家的大小姐。從蜂谷先生手上僅存的老照片看來，大小姐纖細、美麗，有近乎透明的蒼白膚色。個性雖然剛強，但是身體卻相當虛弱，芳華十六就香消玉殞。原本約定好要入贅的丈夫也未能如約繼承大小姐的家業。

蜂谷先生似乎相當痴心。自從知道有使者的存在，四十幾歲時就提出了第一次委託，希望能夠見到大小姐。雖然立刻被拒絕，但不斷叩門。一開始是平均每五年提出一次請求，七十歲之後，每三年提出一次委託。當步美再次來到這間高級料理亭中，老先生已是耄耋之年。

「請轉告小姐，蜂谷那個小鬼，都快要八十五歲了。」這句話似乎成了叩門磚，白髮老翁與芳華少女終於會面，但生死早已永隔。連小徒弟都已垂垂老矣，那麼父母、未婚夫，乃至於其他故舊應該都已不在了吧。大小姐意識到自己離去之後的歲月多麼漫長，而這段歲月，只能透過眼前的蜂谷，探知一二。但事實的真相卻令人五味雜陳。每個人其實在自己死後，都繼續生活，而且仍然幸福。「是很幸福，但沒人會對少了妳的人生感到慶幸。我還是希望能活在有妳的世界。」

與第一本充滿戲劇張力的《使者》相比，《使者：思念之人》的氣氛溫潤而謙和。兩本書的結構相似，都是由兩條故事主線交織而成。一邊是如短篇小說集的使者任務，跟著一個又一個的委託人前往一段又一段的會面，另一邊則是使者步美本人的人生任務，不斷開展也不斷收攏。

在第一本書裡，讀者跟著步美打開了家族秘密的黑盒子，發現父母雙亡的意外並非出於仇恨，而是源於相愛。從祖母手中接下棒子的步美，曾經跟祖母約定好，若有一天能夠卸下使者的職位，再次回到可以與死者會面的平凡人身分，將會與祖母相見敘舊。不是為了尋求祖母的協助，而是為了讓祖母看看步美的一生多麼幸福。第二本書裡，步美的人生如所有真實人生般幸福。做一份踏實的工作，設計銷售給幼童的玩具，與技藝超群的師傅來往，並且偷偷暗戀師傅的女兒。隨著步美陪伴著委託人一遍遍經驗帶有遺憾的人生，對於祖母生前奉行不渝的原則也越來越熟悉。

一生一會。我與每個人都仔細道別過，沒留下任何遺憾——每次會面，都抱持著就算今天是最後一次見面，也沒有遺憾的心情，度過這次相處的時間。祖母教導步美這樣安排自己的時間。

是的，這是使者帶來的提醒。生者與死者的會面，並非有何特異之處。並不是因為跨越陰陽界才能獲致圓滿的結果，而是因為雙方的慎重與真誠，使得會面具有非凡的力量。事實上，即使是在人世間，人與人的每一次會面，都是靈魂獨特的相遇。有任何想說的話，想問的事，都應該把握當下，毫無恐懼地去體會——每次相會，每次道別，都了無遺憾。

使者是引領生死者會面的中間人。在中介之處，生死者的遺憾相接，卻顯現生命可貴。原來，生死相會唯有一次的意義，是幫助我們看見生命的每一刻也都是唯有一次的機會。

目錄

求婚之人

一陣風吹來，他伸手搭向大衣衣領。

原本望向天空的視線移往一旁後，發現空無一人的行道樹前，站著一名小女孩。

「您是紙谷讓先生嗎？」

突然聽到這聲叫喚時，我內心遭受莫大的衝擊。我應了一聲「咦？」重新注視眼前這名少女。

在街上有人叫我，這並不稀奇。雖然我還是個新人，但好歹也是事務所所屬的新演員，也有正式的工作。我還在星期天早上的特攝[1]影集中擔任超級戰隊英雄，就這點來說，像這年紀的孩子應該會常出聲叫我才對。

問題在於她叫喚我的方式。

紙谷讓，這是我的名字，但孩子們在叫喚我時，通常都是用我在戰隊英雄裡的角色「藍」或是角色名稱「奏多君」。感覺這年紀的孩子似乎不認為在人名後面加上「先生」的稱呼是很理所當然的事。

「……我是。」

少女可能還就讀小學低年級。以超級戰隊英雄的粉絲來說，算是年紀大了點。

她有一張穩重的臉，圓睜的雙眼，一對大大的黑眼珠，不顯一絲怯色。小臉配上緊實俐落的下巴。稀疏的眉毛。略帶褐色的蓬鬆毛髮，以緞帶綁了兩個髮結，從中分的劉海中露出形狀好看的前額。

說到小孩子，我腦中浮現的是那些在節目中和我一起演出的童星們，我馬上心想，哦，這孩子也和他們一樣，看起來很聰明。

這裡是位於日比谷商業街上的一座公園。

只要走過大路便可來到這處俗稱酒吧街的場所，在四周的高樓圍繞下，竟然有這麼一座公園，我一直到今天才知道。我只有晚上才會來這一帶，沒想到平日白天的氣氛與夜晚截然不同，相當熱鬧，令我頗感意外。公園裡有推著娃娃車讓孩子來這裡玩耍的母親，以及看起來像蹺班的上班族和粉領族。

但我不清楚這孩子是什麼時候來的。

「請問妳是……？」

我與對方約見面的地點和時間沒錯。從剛才我就一直在這裡等。但根據我的想像，與我約見面的人應該更年長——至少不該是像她這樣的少女。她獨自一人，沒看到有人與她同行。肩上掛著一個下襬帶荷葉邊的粉紅色斜背包。十足是這年紀孩子的裝扮。

她果然是我的粉絲。

我才剛擠出公關式的笑臉，女孩便對我說了一句「我們走吧」。這年紀的孩子說話用敬語，感覺就像聽那些童星在講台詞一樣，說不出的怪。見少女轉身背對我，我朝她喚了一聲：「呃……」

1. 特殊攝影技術的簡稱。亦指運用大量特技效果的真人電影、電視劇。通常是科幻、奇幻或恐怖題材。

「……不好意思。我得留在這裡等人。」

「您不必擔心。我就是您等候的那位使者。」

我倒抽一口氣。少女回過身來，從我視線下方抬頭仰望。

「我剛才不是叫過您了嗎？」她又接著說道。「接下來我會仔細聽您說。所以我們走吧。」

我大感錯愕。

「不，我聽說可以讓我和死者見面……」

「這您也不用擔心。」

女孩似乎很不耐煩，長長嘆了口氣。她那慧黠的雙眸筆直地注視著我。

「我是使者。是讓死者與活人見面的窗口。」

就像在一齣精心安排的電視劇中，看一名演技過人的童星演出。我愣在原地，聽她以清晰的聲音如此說道。

1

她帶我前往位於購物商場地下的一家咖啡廳，徒步走幾分鐘便可抵達。那是一家古意盎然的咖啡廳，店門前的玻璃展示櫃陳列著咖啡和冰淇淋蘇打的食物模型。

這一帶近期陸續有全新的商業大樓和路邊的名牌店開張，特地來到這種懷舊風格的建築，而且是由這樣的小學生帶路，令我大感困惑，但我還是默默跟著她走。如果是自己一個人要走進這種店家，大概會猶豫再三，店裡除了零星坐了幾位感覺像常客的人之外，滿是空位。他們都上了年紀，客人當中就只有我們兩人特別年輕。擺在門口附近雜誌架上的報紙和文藝雜誌，也完全沒有半點接待我們這種年輕人的氣氛。

少女坐向店內的座位。她馬上坐向上位，以高傲的眼神望著我。我在她的催促下，坐向她對面。

「我說……」

我感覺她一直瞪視著我，說來也真是窩囊，儘管面對像她這樣的小孩，我卻微微感到怯縮。

「妳真的是使者嗎？我好像曾經聽說，使者是老先生或老太太。之前打電話時，接聽的人也是位大人。」

這件事我原本就半信半疑。傳聞有人可以實現與死者重逢的願望，一生只有一次機會。第一次聽聞此事，應該是在我參與演出的舞台劇慶功宴上。

你有親人過世嗎？趁著幾分醉意如此詢問的那位演藝圈前輩，並不期待我作出嚴肅的答覆。他應該就只當這是酒席間的閒聊吧。

如果有想見的人，只要用心尋找的話——

我當那是一種都市傳說，之後在其他場所也會不經意地和人談到這件事。你知道使者嗎？當我這樣詢問時，大部分人的反應都像我一樣，只覺得我這番話很有趣，但多次向人詢問後，我發現當中有人會露出嚴肅的神情。

有一次我在另一個舞台劇慶功宴的場子中談到這件事，一名和我剛認識不久，一同參與演出的演員，走近對我說「你最好別隨便在人們面前談這件事」。

「或許有人討厭這種話題，而更重要的是，如果讓人以為你喜歡這種事，或許會對你帶來不好的影響。」她對我這樣說道。雖然不是用強硬的口吻，但也正因為這樣，我接納了她的話。要是讓人以為我對宗教或是肉眼看不見的事物過度依賴，會對我的演藝事業帶來負面影響。於是從那之後，我便不再隨便和人聊到使者的事。

當時我萬萬沒想到，事隔多年後，自己竟然會認真地探尋傳聞，陷入四處找尋使者的窘境中。

自稱是使者的那名少女，沒回答我的提問。她只以不悅的神情說道：「如果你不相信，我大可這就回去。」

接著她問：「你是在哪兒知道使者的事？」

「……幾年前經由傳聞得知。啊，我是演員，從一位前輩那裡聽來的。」

我這樣回答，細看她的反應，但就算我提到自己是「演員」，她臉上還是一樣沒任何變化。搞什麼，竟然不認識我！對於我這種期待落空的心情，以及微不足道的自尊心，連我自己都覺得很傻眼，我接著道：

「一開始知道時，我當那是都市傳說，但之後我開始認真調查……撥打了那通電話。」

一開始撥打時接通的對象，感覺是個和我年紀相仿的男性。之前在網路上搜尋，看到很多人留言都寫說擔任使者的是老人，所以我心想，難道我被騙了，使者該不會就像神棍一樣，由一個龐大組織在背後經營，而這通電話就是他們的對外聯絡窗口吧？如果覺得自己會被騙，到時候再抽身也不遲。我就是抱持這個想法，今天才來到這裡。但出現在我眼前的這名少女，實在很沒真實感。

也不知道她有沒有在聽我說明，只見少女一臉不在乎的神情，低語一聲「嗯～」，看起來年代久遠的桌子上擺了作成塑膠板的菜單，少女將菜單拿到我面前，對我說：

「我點冰淇淋蘇打，你呢？」

「那麼，我也一樣。」

剛好這時一位年近半百，像是店主的人端水過來，接著以抹布擦拭桌面。聽我們點了兩杯冰淇淋蘇打後，他緩緩應了聲「好～好～」，感覺他反而還比較像我想像中的使者。

「你對我們的規則了解多少？」

店主離開後，少女問道。

「大致知道。不過，我認為真正的情報和謊言一定全混雜在一塊，所以妳要是能說明給我聽，那可就幫了我一個大忙了。不過……這是真的嗎？妳能夠和已死的人交談嗎？」
「我不能和死者交談，是讓你和死者見面。」
她斬釘截鐵地說道。
「如你把它想像成像恐山巫女[2]那樣的『通靈術』，那你就錯了。」
「通靈術？」
「……意思是說，我的做法不像一般靈能者那樣，讓死者附身，接收死者的訊息，傳達給陽間之人。我會安排一個讓死者和你見面的機會，自始至終，我的角色單純只是安排你們見面的中間人。」
她真的就像是照著寫好的劇本台詞默念。我益發覺得自己要跟上她說的內容有點吃力。
「呃，也就是說，你們會讓我跟死者見面，是這樣沒錯吧？」
「你們？」
少女側著頭感到納悶。我急忙解釋道：
「呃……使者不就是這樣的組織嗎？我猜你們應該有不少人吧。」
「才不是你想的那樣呢。我不是說了嗎，我就是使者。」
少女蹙起眉頭。
「我先跟你說明清楚吧。首先，使者會接受活人的委託，例如像你這樣。看你想和已經過世、無法再見面的哪個人相見，接受了你的委託，然後回去和那位死者交涉。

告知對方你想見他，然後確認對方是有意願和你見面。如果取得對方同意，我就會居中協調，安排讓你們見面。」

「嗯。」

這就是使者——人稱使者的人們。

記得第一次聽到這個名稱時，確實覺得很像是她舉例提到的恐山巫女會有的稱呼。政界的大人物透過使者，從過去的大人物那裡聽取建言，或是某位藝人與過世的朋友見面，感動落淚，這類的傳聞被安排得像是專為大人而設的童話故事般，廣為流傳，說得煞有其事。而且是許多人聽了之後會嗤之以鼻的那種傳聞。

然而，就像財界人士或社會名人有自己專屬的占卜師，並支付他們高額報酬一樣，這對熟知內幕的人而言，是很理所當然的存在，此事我也有所耳聞。能否循線找到這樣的人，端看三項重點。

是否知道有這樣的人物存在、知道後是否相信，以及之後的運氣。就像我這樣。

「妳說能讓我和死者見面，就是字面上的意思嗎？」

少女抬起目光，默默注視著我。她眼中泛起光芒，就像在看什麼不可思議的東西般。那模樣就像在說，你來到這裡，竟然連這個都不知道。

「身體該怎麼辦？一般來說，死人的身體已不在這世上。喪禮結束後，就會放進

2. 青森縣下北前島恐山的一種巫女，可以讓亡靈附身，與人溝通。

墓地裡，有的還在火葬時燒成了灰。」

「死者會以和生前一樣的樣貌現身。」

冰淇淋蘇打送到少女面前。

當店主說一聲「兩位久等了」，緩緩將杯墊和湯匙擺在我們面前時，她一度靜默不語。

冰淇淋蘇打用的細湯匙，前端包著紙巾，少女拿起它，雙手合十說了聲「我要開動了」。我也說道「啊，那我也喝吧」，兩人就此用吸管喝起那看起來有礙健康的綠色蘇打。

少女抬眼望著我說道：

「在使者安排的會面場所，准許死者的靈魂擁有實體。活人可以憑肉眼看見現身的死者，甚至觸碰得到。」

「真不敢相信。」

我忍不住脫口說道，但少女無視於我的聲音，不予置評。她輕戳浮在蘇打上頭的冰淇淋。

「這種事為什麼辦得到？」

「你不就是希望這樣才和我聯絡嗎？」

少女嘆了口氣，接著以冷淡的口吻補上一句「如果你有什麼不滿，請另尋高明」。

「你能和擁有身體的死者直接面對面說話耶。這樣你還有什麼不滿？」

「可是，我還是沒辦法這麼輕易就相信。『陰間』和『陽世』竟然能相互聯繫。」

「關於接受委託一事，我會好好安排的。至於死者的靈魂是否願意接受這項要求，那是另一件事，我會好好展開交涉。」

少女很制式化地以俐落的口吻說明。她那胸前別著緞帶的針織連身洋裝，搭配羊毛皮材質的短筒靴，與她的口吻所形成的落差感愈來愈大。

少女的手從冰淇淋蘇打上移開。接著她問道：

「我先問你件事。請告訴我你想見的死者姓名，以及他死亡的年月日。」

「……想見死者的人不是我。」

我回答後，少女正眼望著我。雖然不清楚她是怎麼想，但我仍繼續往下說。

「我今天來到這裡，並不是想請妳讓我和誰見面。而是特地前來請託，能否讓我的朋友和她應該會想見的人見面。」

一開始講電話時，我應該曾經說明過這件事才對。

關於使者這個角色，打從第一次聽聞，我便一直在思考一件事。

雖然我不需要，但世上確實有人需要這種角色的存在，正因為這樣，儘管不清楚使者的事是真是假，但使者應該就是載送著這些人希望，像都市傳說般一直存在下去。

想和某人見面，卻無法如願，漫長的時間就此停止運轉，我周遭就有這樣的人。

「我是代替她來請託。」

我注視著少女，盡可能說得誠懇，讓她感覺到我的認真。

「能否讓我那位女性友人和她已故的摯友見面呢？」

2

我之所以會認識美砂，是因為兩年前曾與她在舞台上共同演出。身為菜鳥演員的我，與同樣是菜鳥演員的美砂，雖然都不是主角，但我們演的是一對情侶，透過排練，我們變得熟識，舞台演出結束後，我們仍保持聯絡。

我從以前就喜歡受人注目，周遭人也都說「小讓有當明星的特質」、「你很適合」、「你人長得帥」，不斷吹捧我，我也就此得意忘形，從十幾歲的年紀開始，就到各家以培育偶像聞名的經紀公司試鏡，一再落選，最後才在現在這家經紀公司勉強打進最後決選。當時那位原本獲選的男生因為家庭因素，而在即將踏入演藝圈前臨時退出，所以他們才找上我。

雖然稱不上是帶著完美的明星特質出道，但不論是舞台演出還是連續劇，演員的工作都比上學充實多了，我樂在其中。

雖然我在學校不愛念書，但演戲的工作不論是觀摩還是排演，我都覺得像在遊戲一樣快樂，但看在別人眼裡，他們竟然誇獎我「小讓還真是熱中學習呢」。我這還是第一次受人這樣誇讚，感覺就像是對過去不會念書的自己展開復仇一般，於是我更加投入，感受到努力得到的回報。

我得到的工作以舞台演出為主，我扮演好自己的角色，只要聽說有哪齣電影或舞台劇的人物設定和我得到的角色很類似，我就會去觀摩。雖然常覺得自己沒辦法演得像對方那麼好，內心大受震撼，但因為我總認為自己是業界第一的遜咖，所以反而不懂得害怕，充滿野心。不管是參考別人的演技，還是覺得自己技不如人，我都不會感到害怕。

不久，我開始在電視上扮演有名字的角色，當今年春天開始播出的超級戰隊英雄找我演出時，我打電話告訴母親這件事，感動落淚。

當初仗著一股幹勁和氣勢闖蕩演藝圈，沒設目標，一味埋頭苦幹的我，算得上是個很幸運的演員。事實上，人們也常說我「一帆風順」，當然了，有人是褒，有人是貶。

美砂則和這樣的我形成強烈對比，她是人稱「正統派」的女演員。

她從學生時代就規規矩矩地到演劇學校就讀，在加入她現在的經紀公司之前，便已經在知名劇團裡從事幕後工作，雖然年紀尚輕，但人稱「見習生」的時期卻相當長。我剛開始認識她時，她還沒有名氣，而現在雖然偶爾會在電影或連續劇裡看到她，但全都是只出現一幕的角色，非正式演員。與我相比，她不論是表情還是身段都表現精湛，但在電視這類的媒體上演出，反而顯得和其他人很不搭調，可能是因為這樣，遲遲沒人找她演出，令人為她感到扼腕。

不論是戲劇、電影，還是音樂的話題，只要和美砂聊天，時間總是過得飛快。

我向來都不看書，美砂推薦我一些雖然不是漫畫，但也相當有趣，可以輕鬆閱讀的小說，當我將滿滿都是文字的書整本看完時，心裡無限感動，大半夜地打電話給她，對她說「真是太酷了，我好高興。我以前都以為自己是個笨蛋，這可是我的一大壯舉呢」。美砂則是應道「你就為了這種事專程打電話給我？」似乎很傻眼，但聲音聽起來很興奮。當我聽她說「那我再告訴你其他書吧」，我心想，啊～她真是個好女孩。

當我再次遇見她時，我開門見山地對她說「我喜歡妳，希望妳能和我交往」。

我很清楚她可能會覺得我輕浮，但我是真心的，所以我才鼓起勇氣向她告白。但美砂卻噗哧一笑，以很適合用「一笑置之」來形容的笑法對我說：「你是在開玩笑對吧？」

當時我演出超級戰隊英雄角色的事才剛敲定。

「小讓，接下來正是你人生的重要時刻，而我也還有許多要學習和磨練的地方。現在不是談戀愛的時候吧？」

美砂說得很有道理，而我也很重視自己的工作。但我完全沒料到她會拒絕我。我滿心以為，就像我覺得快樂一樣，美砂和我在一起應該也很快樂才對。

「妳另有喜歡的人嗎？」

「沒有，但問題不在這裡。」

有生以來，我第一次感到焦急。過去只要我覺得自己有希望而開口告白，從來沒失敗過。

我在腦中想像美砂跟我以外的其他人交往的畫面，頓時便對那憑空想像的對象嫉妒不已。我進而從中明白，我是真的很喜歡她，不想將她讓給任何人。

「那麼，我可以等妳嗎？等到我年紀稍長，度過這段重要的時期，而美砂妳在工作上也有滿意的成果為止。在那之前，妳不想和任何人交往是嗎？」

她似乎沒想到我會緊纏著不放。看到她那驚訝的表情，我心想，看來我在她眼中輕浮的程度，遠超乎我自己的想像，心中備感沮喪。

接著美砂說：

「不管你等再久，大概都沒用吧。我沒辦法和別人一起過幸福的日子。」

「啥？」聽我回了這麼一聲，美砂猛然驚覺，重新坐正。

「……光是能從事現在的工作，就該心存感謝了，如果還想在私生活方面獲得幸福，會惹來老天爺責罰的。你不這麼認為嗎？」

她突然露出敷衍的笑容，之後不管我想說什麼，她總是轉移焦點。

而且她還對我說：「小讓你是個好人，和我在一起太糟蹋了。」此話一出，就算原本可以死心的人，聽了之後也無法就此死心了。她乾脆對我說「我討厭你」，或是「我們只能當朋友」，這樣我反而還比較放得下。

而就在某天，我得知一件事。

我到美砂演出的舞台看她表演，演出結束後，我到後台去，剛好她高中時代的學姊們也來看她。嗜好是看戲的這群人，見到碰巧走來的我，驚呼一聲「不會吧，你是紙谷嗎？」看來，她們也看過我參與演出的舞台劇。

美砂在招呼其他她邀請來的客人這段時間，我取得和她們聊天的機會，於是我若無其事地問道：「美砂她學生時代交過男朋友嗎？」

我懷疑美砂該不會是因為以前和男人交往時有過不好的回憶，如今才會對異性交往感到躊躇不前吧。但她的一位學姊說「不清楚耶，她從以前就很一板一眼」。接著其他學姊接話道：

「和現在相比，以前的她個性比較懶散一些，也會追求流行，但某個時期突然有了很大的改變。現在她完全成了禁欲派了。」

美砂正和她邀請來的客人有說有笑，我們的談話似乎傳不到她耳中。她們就此告訴我那件事。

高中時代，美砂一位好朋友過世的事。

從那之後，美砂就不太笑，也完全不會因為喜歡的男生或戀愛的話題而和人熱絡地談笑。

「她們感情真的很好，就像雙胞胎一樣……看到現在的美砂，感覺就像少了另一半似的。」

如果可以，真希望她們能夠再次見面——她們說。

3

「好像是一場突如其來的事故，沒能來得及說再見，她那位好友就這麼當場斃命。如果妳有需要，我找來了那篇新聞報導，知道她正確的死亡日期和時間……」

我情況說明到一半，猛然意識到這位使者少女從剛才起就一直沒說話，我就此抬頭。

「我現在告訴妳方便嗎？」

經我如此詢問後，她那圓睜的大眼眨了一下，緩緩吐了口氣。

「看你一直熱心地解說，真的很抱歉。」她說。「對使者的委託，若非本人無法受理。由他人代理前來委託，一樣不行。」

「咦！」

「除非是本人想和死者見面，親自與我們聯絡，不然無法接受委託。可以由你請對方重新和我們聯絡嗎？」

「可是……」

我感覺到少女似乎準備起身離開，急忙微微站起身。

「我這個朋友，不是個會相信這種事的人。不知道該說她是個超級現實主義者，還是頭腦太過聰明冷靜。她一定不會自己主動聯絡的。」

「聽你這麼說，好像來找使者的人，全都不是現實主義者，而且腦袋都不太好。」

少女像在責備似的，瞇起眼睛瞪視著我。我雖然為之怯縮，但還是回了一聲「可是……」想辦法接話。

「我之前曾經稍微跟她提過這件事，但當時感覺她不太當一回事。所以我才來這裡。能和死者見面，一般人不相信這種事也是理所當然，既然這樣，我也只能在她面前安排好一切，硬拉著她和死者見面，不是嗎？」

「話雖如此，只要她沒這個意願，我就無法展開交涉。這我幫不上忙。」

「可是，真的能和死者見面對吧？」

我不由自主地大聲喊道。之前一直流露出冰冷眼神的少女，此時也露出吃驚的表情。

「我想讓她們見面。」我說。感覺店內的其他客人都望著我們，但我根本不在乎他們怎麼想。

「一個認為絕對無法再和對方見面的人，既然有機會可以見到面，我當然希望能幫她安排這個機會。拜託妳，可以幫我想想辦法嗎？」

「你先冷靜一點。」

少女吁了口氣，一臉為難地皺起眉頭。明明是個小孩，卻做出十足的大人表情。到底是在怎樣的家庭，接受怎樣的養育方式，才會變成這樣呢？我腦中想著這件事，她突然打量起我來。

「整理了你剛才說的話，也就是說，你想為她安排這個機會？」

「嗯。」

「……這樣她會感謝你，你賣她一個人情，運氣好的話，想藉此機會和她交往，可以這麼看嗎？」

「咦？」

「你想再次向她告白，順利和她交往，是這樣沒錯吧？」

被她說中心裡的想法，我只能回她一句「才不是呢」，但我無法進一步加以否定或是肯定。面對無言以對的我，少女取出一個像記事本的東西。她打開的那本記事本看起來很普通，上頭印了一個可愛的小熊圖案，我不太高興地向她提出抗議。

「我只是認為，既然她心裡留有遺憾，就該加以消除。」

「沒人可以保證，陽世的人和死者見面後，心中的遺憾就能消除。總之，不管你怎麼說，條件還是無法改變。如果想見死者，請當事人直接來見我，這是唯一方法。」

如此辛辣的內容，她竟然講得這麼自然，聽了真不是滋味。

「不過，說來遺憾，就算你告訴她我的聯絡電話，也不確定她是否就會聯繫上我。我很抱歉，委託人能否和使者見面，一切全看『緣分』。有人不管打再多次電話，也聯繫不上，也有人因為有緣分，所以很自然地就聯繫上了——她與使者是否有緣，和你完全是兩回事。」

「說這什麼話嘛。」

我終於說出心中的不悅。我無法接受。

「那麼，為什麼我打電話一下就接通了。妳現在明明就拒絕了我的委託啊。」

「這點確實很不可思議。」

沒想到少女很坦率地把頭偏向一旁。

「一般來說，像這種委託應該都聯繫不上才對——我也是覺得很不可思議，所以才來見你，這到底是怎麼回事呢？」

「啊，真是的。既然這樣，一開始在打電話的階段，就應該拒絕我才對。我也不是吃飽飯閒著沒事幹啊。」

難得的一個假日白天就這麼浪費了，我掩面惋惜。

少女對於我是演員的事，非但不知道，似乎也不感興趣，她一直不發一語地喝著冰淇淋蘇打。我這杯蘇打裡的冰淇淋已開始融化，混進蘇打中，而少女在和我交談時，一直都俐落地吃著冰淇淋，所以她杯裡的冰淇淋已完全不剩。

「總之，你要再一次和她談使者的事對吧。之後你猜她會怎麼做？這是她自己的問題，而你純粹只是個外人。如果你是想藉此賣她人情，勸你還是打消這個念頭吧。」

「我和她談過使者的事了。但她似乎不相信，還反過來對告訴她這件事的我，擺明著露出不信任感。」

賣她人情？少女的這種說法讓人聽了很不舒服，但我還是接著說道：

「那麼，如果說由我來代替她跟對方見面，這樣也不行嗎？和她那位因意外事故喪命的好朋友見面。」

我這才想到這項做法，不過說出口之後，倒也覺得這點子不錯。

由我代替美砂和對方見面。自從和對方天人永隔，美砂便完全變了個人，想必對方知道造成美砂心中遺憾的原因。如果見面後，我能問出這點，那不就能幫美砂走出陰影嗎？

少女回答「可以啊」，接著以誇張的動作，手靠在桌上托腮。

「不過，像這種情況，不知道對方願不願意和你見面哦。」

「咦？」

「我來繼續跟你說明使者的規則吧。」

她將手中的記事本翻頁，遮著不讓我看，視線投向上頭的頁面。也許上頭寫了些什麼。

「雖然可以提出想和死者見面的要求，但死者也有拒絕的權利——今天就算我接受了你的委託，可以將你的名字和想見面的理由告訴死者，但死者還是有權利決定要不要接受你的要求。我很遺憾，要是對方拒絕，這次的會面就只能到此為止了。」

「嗯。」

不過，對已故的那位女孩來說，美砂應該是她的摯友。只要說我是美砂的朋友，應該還是有機會能和她見到面。我才剛這麼想，少女馬上補充說明。

「使者安排的會面，對活人和死者來說，都是一生僅只一次的機會。一名死者只能和一名活人見面。」

「咦？」

我不由自主地叫出聲來。

「這麼說來，要是對方已經有親人和她見過面的話……」

「那很遺憾，對那個人的委託就在那次的會面中用完了。這種情況下，你就無法和對方見面。」

「……是這樣嗎？」

我有種撲空的感覺。我重新整理她說的話。

「那反過來說，要是我能和對方見面的話……」

「她就再也不能和任何人見面——你告白的那位女生，要是在她漫長的人生中，哪天如果改變心意，想找使者委託時，那唯一的一次機會也已經被你用掉了。」

少女以不懷好意的口吻，對我所擔憂的事展開說明。見我無言以對，她又接著道：

「如果是處在死者的靈魂也想和委託人見面的這種『相思』狀態，則交涉便可成立，雙方得以見面。不過對死者而言，最後得以和活人見面的機會，也將就此喪失，所以非慎重行事不可。」

她抬起目光。

「還有，我們使者無法接受逆向指名。我能從你所說的『陽世』，向『陰間』的人告知有人提出委託的事，並展開交涉。但我沒辦法讓『陰間』的死者產生想和『陽世』的活人見面的念頭。死者一直都是等候的一方，如果他們有想見的人，也只能耐心等候對方主動前來委託。」

「嗯。」

「換句話說，如果對方也有想見的人，一直在等候對方委託呢？你臉皮有這麼厚嗎，敢直接插隊？」

「……我沒那麼厚臉皮。」

我有氣無力地回答道。我完全說不過這名少女，很不甘心地緊咬嘴唇。

「還有，這項條件對你來說也一樣。」

少女直視著我。

「對我來說也一樣？」

「嗯。當人活在『陽世』時，就只有一次機會與『陰間』的死者見面。要是你現在在這裡與那女孩見面，你就再也不能和其他死者見面。所以你也要慎重考慮。」

「也就是說，在『陽世』與在『陰間』時，各有一次機會是嗎？」

「嗯。不過，如果對方拒絕，委託就不算數。只有在委託實現，成功安排了見面的機會，這樣才算數。只要沒用掉機會，就能再提出與其他死者見面的委託。」

「這樣啊，還不是那麼簡單呢。」

「不過話說回來，日後當你又想和某人見面，而想和使者聯絡時，如同我前面所說，能否再次聯繫上使者，這得看『緣分』，所以無法保證。」

「……我愈聽愈覺得，這次能見到妳，算是相當走運呢。」

雖然嚴苛，但也許還算是不錯的條件。

陽世與陰間的入口，如果真能聯繫陰陽兩地，一定會造成人們蜂擁而至。這麼一來，死亡就失去意義了。

「那女孩可能還沒和任何人見過面吧。如果她十幾歲的年紀就過世，會見她的人，大概就只有她爸媽吧。」

「關於其他委託案，請恕我無可奉告。」

想到今天最後只是徒勞一場，我忍不住說了一聲「小氣」。

「您打算怎麼做？」

少女一樣神色泰然，一點都不像孩子該有的表情，以客氣的用語向我詢問。

「還是打算委託嗎？」

「不，不用了……不惜將對方真正想見的人擱到一旁，搶走這僅只一次的重要機會，我才沒那麼執著呢。」

只好嘗試再一次說服美砂了。少女沒理會我沮喪的思緒，就只是以她那漫不在乎的神情冷冷地說了一句「是嗎」。

接著籠罩著一陣沉默。

能說的話都說完後，只剩下我因為完全沒碰，冰淇淋徹底融化的那杯冰淇淋蘇打，以及少女已喝光的空杯。我朝那杯甘甜的蘇打水攪拌了幾下，用吸管吸著喝。

她就像在準備離開似的，將原本攤開的記事本收進斜背包裡，我望著她，她突然向我問道「你竟然喝這種東西，真是少見」。

「大人應該都是喝咖啡之類的吧？」

「或許吧。不過我還滿喜歡這種上頭有冰淇淋的飲料。」

「嗯。」

其他因為委託而與她見面的大人們，一定不會陪她喝這種香甜飲料。我一口氣喝光飲料，發出不小的聲響，糖分馬上衝向我疲憊的腦袋。我今天傍晚還要錄影呢。

我說要付帳，少女拒絕道「不用」。

她動作俐落地從自己的斜背包裡取出一個可愛的錢包，我百無聊賴地望著她前去付帳的背影，就此走出店外。

「再見。」

她再度冷冷地說道，而我配合她，正準備朝她揮手時——

為什麼突然會有這種想法，我一時間也不知道該怎麼說明，總之，我在一時衝動下對她說道：

「我說，既然機會難得，我可以委託妳嗎？」

少女不發一語地仰望著我。就像發出「咦？」的一聲驚呼般，臉上露出詫異的表情。能遇見講話這麼伶牙俐齒的少女，真是超級幸運，就是這個念頭在背後督促我這麼做。

要是就此別過，難保以後再也見不到面了。

一切都是「緣分」，所以就算日後想再委託，也未必就聯繫得上她。

「我父親已經過世了。話雖如此，因為他很早就跟我母親離婚，所以我連他長怎樣都不知道……」

如果說「我覺得不用可惜」，那未免也太隨便了，不過，突然開口委託，又有點得意忘形。我只是覺得，要是白白浪費了一個機會，實在很可惜。

「既然機會難得，可以安排我見面嗎？」

少女將錢包收進斜背包裡，長長嘆了口氣，似乎很受不了我。

「……你為什麼都到了道別的時刻才提出這種要求呢。」

她很誇張地做出繞動肩膀的動作，顯得很不耐煩，這模樣怎麼看也不像是小孩子。

「不好意思啦。」我向她道歉。她瞪視著我，這次不是拿出錢包，而是改拿出剛才那本記事本。她站著翻開空白的頁面，然後取出一支筆，比向我面前。

「對方的名字，以及死亡的日期和時間是什麼？」她問。

「名字叫久間田市郎。死亡的時間好像是……」

我在憶海裡搜尋，並用我那難看的字跡朝她遞給我的記事本寫下名字。父親名字的漢字應該是這樣寫沒錯吧。我不太有把握地寫下名字，少女露出納悶的神情注視著我。

「幹嘛？」

「……自己的父親明明已經過世，但你卻滿腦子只想著要替自己喜歡的女孩前來委託？你根本沒想到要和自己父親見面吧。」

她並沒露出很受不了我的神情，似乎純粹只是覺得納悶。我苦笑著應了一聲「嗯」。事實上，我也只能這樣回答。

打從一開始從工作夥伴那裡聽聞使者的事情時，我就是這個心思。

你有親人過世嗎？第一次聽到這句話時，我毫不猶豫地回答「沒有」。我沒聯想到父親。

世上確實有人需要使者這種角色。想和某人見面，卻無法如願，漫長的時間就此停止運轉，確實有這樣的人存在。而另一方面，對我來說，父親並不是這麼重要的角色。

「你想見他的理由是什麼？」

少女問。

「既然都聽你提到對方了，我就會展開交涉。告訴我理由。」

「呃……」

因為臨時想到，順勢就說了出口，但現在卻又為之語塞。

「真要我說的話，應該是因為我不知道他長怎樣，想看看他，還有，他讓我媽吃了不少苦，希望能當面罵他幾句。」

從他還在世時，我就認為自己大概永遠不會和他見面，而事實上，也確實沒和他見過面就這麼死了。而我竟然到現在才興起和他見面的念頭，這點連我自己都很驚訝。

不過，在「錯過可惜」的機會下，還是會選擇和自己有血緣關係的對象，以我的情況來說，當然就是我父親。

少女似乎覺得無所謂，她點頭應了聲「嗯～」，定睛細看我那難看的字跡，之後合上記事本。

「啊，對了，金額。」

我差點忘了。雖然確認金額是最後的步驟，但我還是姑且一問。

「我該付妳多少錢呢？可以成功見面的情況，和見不到面的情況，分別是怎樣的金額呢？」

如果她開出的是天價，那就取消委託吧，這念頭從我腦中掠過。我聽人說，這一次要價數十萬，有時還高達數百萬。我已作好接受她開價的心理準備，但少女沒理會我，就只是點頭應了聲「哦」。

「不用錢。」她說。「咦？」我瞪大眼睛，少女再次以不耐煩的神情說道「我這有點像義工的性質」。

「真的假的？」

真不敢相信。以免費或義工的名義來引人上鉤的詐騙手法時有所聞。

「我聽說有時得花數百萬圓呢。要是妳事後才索費，那我可就傷腦筋了，所以妳就先跟我說一聲吧。」

「沒這個必要。」

少女的眉頭皺得更緊了。

「可是……」

「還是說，你想付錢？不收錢你反而有意見嗎？」

她以強硬的口吻回我，瞪了我一眼，我就此閉嘴。少女板著臉收起記事本。接著冷冷地對我說了一句「我會再聯絡你」。

「等確認過你父親的意願後。」

「嗯。」

我點了點頭，少女說了聲「再見」，就此轉身。

望著她快步離去的背影，我心想，或許會有大人在前方接她，特地多看一眼，但還沒來得及確認，她已搶先一步轉過地下街的轉角，再也看不見她的蹤影。

4

隔天我一大早就待在攝影棚裡。

「好，卡！休息一會兒。」

副導的聲音響亮地傳遍室內攝影棚。

和我一同演出的童星，今天狀況很糟。

他平時表現得很穩，但今天不知為何，老是說錯台詞，動作也明顯錯誤。因為NG

連連，才喊卡休息。

隼多今年才七歲。向來個性堅強的他，難得也一副快要哭了的模樣，他母親急忙上前安撫。我瞄了他們一眼，披上別人遞給我的防寒大衣，喝了一口手中的咖啡。

大家彼此難免都會ＮＧ，所以現在並未彌漫緊繃的感覺，大家紛紛說道「那就先去吃飯吧」，刻意營造輕鬆的氣氛。陪在隼多身旁的母親，一臉歉疚地朝我們九十度鞠躬說對不起。

扮演粉紅戰士的三代佐奈拿起擺在攝影道具旁的鯛魚燒，對隼多說：「隼多，這慰勞的點心你要不要吃？」原本低著頭的隼多，馬上臉色為之一亮。

「謝謝您，那我就不客氣了。」隼多以爽朗的口吻應道。看到他的神情，我心想，這孩子真不簡單，但同時也替他感到心疼。

因為這齣高收視率的黃金時段連續劇而博得高人氣的隼多，是比我還有名氣的當紅演員。第一次見面時，我對他說「你在那齣戲裡演得真好」，隼多當時也以爽朗的口吻回我說「謝謝您的誇獎。這是大家一同努力的成果」，並低頭行了一禮。那就像是照著寫好的台詞念稿一樣，流暢而沒半點停滯，同時也像是不想和我有進一步的對話。他對任何人都彬彬有禮，答覆中滿是感謝。

「對紙谷先生也很抱歉。」他為ＮＧ的事向我道歉，我回以笑臉，並比了個勝利手勢說道「別放在心上」，但隼多並沒恢復笑臉，就只是一臉認真地深深行了一禮。感覺有攝影機在拍攝時，他說話反而還比較自然一些。

看了這一幕後，我心想，換作是我，一定無法從小就當童星。

昨天見面的那位使者少女，雖然看起來像童星一樣聰明，但還是有一點不一樣。儘管一副大人樣，但那似乎不是在某人的教育下，而呈現出那樣的神韻，我從沒見過像她這樣的小孩。

和隼多一起吃鯛魚燒的三代佐奈，儘管寒冬時節，一樣是那身迷你裙裝扮，露出健美的雙腿，我望著她心想，還真是可愛呢。其實美砂也曾參加過這一季的粉紅戰士選角試鏡，但最後落選。我是在自己的角色敲定後才知道這件事。和我同年的美砂，以她這個年紀，幾乎已快達到粉紅戰士一角的年齡上限。和男演員相比，女演員能參與試鏡的年齡往往比較低。

「要不要一起吃飯？」

在擔任黑戰士的高杉邀約下，我應了聲「好」。我們兩人就這樣披著防寒大衣，前往攝影棚內的餐廳。

以賞櫻勝地聞名的攝影棚，現在連落葉也看不到。沿著行道樹而流的河川與河橋附近就像公園一樣，一般的客人可以自由進出，所以今天同樣聚集了許多到這裡散步順便參觀錄影的人群。

走出攝影棚前往餐廳的途中，「奏多君」、「黑戰士！」傳來叫喚劇中角色的聲音，轉頭一看，原來是兩名幼稚園年紀的男孩，正擺出我們演的藍戰士與黑戰士的帥氣姿勢，不發一語，一臉嚴肅的表情。雖然心想，他們擺架式時大可面帶笑容沒關係，但看到這兩個孩子這麼緊張，心裡反而很開心。

「嗨！」高杉朝他們揮手，一旁既不是孩子，也不是母親的女生們，一起發出尖叫。我也配合高杉，舉手過頂，大動手揮著手喊道：「謝謝你們！」

我突然想起一位以前交往過的女孩。她是我某一任女友，對我的評語是「很會討好人」。

——她曾問我，你這麼受歡迎，許多女生任你挑，為什麼選擇我。雖然展開交往，但她總是很不安，從未很放鬆地說她感到快樂。不過那已是過去的事了。

走進餐廳，買了每日定食的餐券後就座。那些只在電視上看得到，令人崇拜的男女演員，很稀鬆平常地在這裡用餐，這樣的氣氛，我最近好不容易也習慣了。「哇，是某某某耶」，儘管內心噗通噗通跳，但我好歹還是能佯裝平靜。

在顧客比平常時間還少的餐廳裡，我坐向靠窗座位，雙手合十喊了聲「我要開動了」。這時，我的智慧手機出現來電顯示。當我看到設成靜音模式的螢幕上出現『使者』這兩個字時，我向高杉說道「我離開一下」，急忙接起電話，走向餐廳角落。

「……喂。」

『我是使者。』

這聲音是昨天和我見面的那位少女。手機另一頭傳來少女稚嫩的聲音，她今天的說話口吻還是一樣沉穩而開朗。

『關於你昨天的委託，令尊說他願意和你見面。』

我嚥下這團空氣的凝塊，然後緩緩呼出。

此時我心想「我猜也是」，浮現一種掃興的感想。周遭人都說他嗜酒成性、愛拈花惹草，是個典型的渣男，看起來就不像曾經有人想透過使者和他見面，今後也不可能有人想見他。

除了見我之外，他今後恐怕是沒機會讓使者替他服務了。

「……他沒想到我可能會罵他或是揍他嗎？」

我語帶不屑忍不住說道，感覺到少女在電話另一頭沉默了一會兒。

『有什麼話，請見了令尊後再當面跟他說。』

她很事務性地接話道。

『你只有一晚的時間能和令尊見面。一般都是從傍晚七點開始，一直到黎明，若以目前這個時期來看，大約是早上六點左右結束。地點在品川的一家飯店。』

她告訴我飯店名稱和日期。時間訂在兩個星期後。

我的所有行程安排全記錄在現在講電話的這支手機裡，所以我無法馬上答覆她，她見狀後說道：

『要是這天不方便，我改天再聯絡你。到時候大概會從這天起延後一個月左右。』

「我待會兒再聯絡妳。這天有什麼特別含義嗎？」

『因為滿月。』

她很明確地說道，這回答我大致能接受。月亮確實帶有其神秘性，使者安排的會面和它有關，也有那麼點道理。

『滿月時可以取得最長的會面時間。那就再聯絡了。等你確認過行程後，再麻煩打電話給我。』

「我知道了。」

說完要事後，這通短暫的電話突然就這麼掛斷了。

猛然抬頭，發現已停止哭泣的隼多和他父母站在餐廳門口。

星媽並不罕見，甚至有些童星連星爸也一同在攝影棚出入。

啊，今天連他父親也來啦。我不經意地觀察他們的情況，發現隼多的父親並沒厲聲叱責今天一再NG的兒子，而且在這種時候，竟然還說道「這餐廳可真大啊」，以笑臉相迎。他拎著像是母親親手做的便當，沒買餐券，三個人直接坐向空位。

「爸。」隼多叫喚父親的聲音，聽起來比平時稚嫩許多。

父親緊握隼多的手。

回到座位一看，每日定食已吃掉一大半的高杉，喜孜孜地指著隼多一家說道「你看那邊」。

「那小子有他父親在的時候，就會露出像孩子般的笑容。」

「那小子雖然比我們都還老成，但畢竟還是個孩子。」

連我也替他鬆了口氣，開了個玩笑話。

5

打從我懂事起，父親就已經不在了。

母親獨力扶養我長大，我念小學時，還會吵著要她講父親的事給我聽。例如說，為什麼我們家沒有爸爸？為什麼只有媽媽？爸爸是個怎樣的人？

母親不想多說，但我勉強從中得知，爸爸好像還活在世上。

小孩其實是很殘酷的，當時我心想，既然一樣「不在身邊」，那爸爸還不如死了比較好，這樣感覺比較酷。在平時常看的連續劇裡，如果是天人永隔，感覺是成為「好故事」的要素，但如果是活在世上卻分隔兩地，則感覺背後只會有令人鄙夷的緣由。

事實上，就算母親不說，我也逐漸從周遭人那裡聽聞。父親是個好賭成痴的窩囊廢。欠了一屁股債，嗜酒如命。儘管如此，也不知道他是哪一點吸引女人，他在外桃花不斷，打從我出生前，母親就常被父親氣得以淚洗面。還曾經從別人那裡聽說，「他在外頭的女人曾經拿著刀子衝進家裡咆哮」，教人聽得不寒而慄。

當初結婚時，他從事房地產掮客的工作，似乎也有過一段手頭闊綽的時期，但過沒多久，他涉入可疑的土地開發案中，害得自己那家小公司就此倒閉，欠了一屁股債。然後完全破產。

破產後的父親非但沒痛改前非，甚至過得更加靡爛，也不去找新工作，甚至還對母親動粗。最後母親幾乎是帶著我逃離他身邊，好不容易才和父親離婚。

「小真也曾經想過，如果孩子出生後，他或許就會改變，但他那個人真的是沒救了。」

我一位阿姨深有所感地對我這樣說道，當初聽聞時，我心裡大受震撼。小真是我母親的名字，她名叫真亞子。

阿姨說這話並沒有什麼用意，但當時我已小學高年級，正值青春期，於是我開始胡思亂想，大感苦惱。

在朋友開設的一家便當店幫忙的母親，一早就起床工作，忙到深夜才回家，總是滿手乾裂，而且無暇上妝施粉，但她原本是個大美人，與教學觀摩日前來出席的其他母親相比，她實在漂亮多了。

愛拈花惹草，又不好好工作的父親，將我塞給母親獨自照料。我曾經想，自己是不是母親的「包袱」。我會聽到拖油瓶、包袱這類的字眼，總是伴隨著「枉費你媽長得那麼漂亮，真是可惜了」這句話一起出現。

母親可能就是因為我，之後一直沒機會再婚，或是和別人重新展開人生吧？

我差點就因此鑽牛角尖，變得古怪彆扭，之所以沒變成那樣，都是因為有母親陪伴。她可能是察覺到我為此感到自卑，鬱鬱寡歡，當時她常對我說：「媽媽好在有你。」

「和你爸離婚後，我自己一個女人家，要是身邊完全沒人陪伴，我一定熬不過去。我很慶幸有小讓你陪在身邊。」

說什麼包袱，根本沒這回事。母親這樣對我說。

「別說包袱了，你根本就是我的希望，我的支柱。你爸爸和你是兩個不同的人。雖然我討厭你爸，你是爸爸的兒子，但小讓是我的心肝寶貝。媽媽最愛你了。」

來到尷尬年紀的我，聽到母親如此坦率地說著「心肝寶貝」、「愛你」，還是毫無抗拒地被徹底收服。現在我仍覺得自己或許有點戀母情節，但因為是這個原因，希望大家能諒解。

「我很慶幸有小讓你陪在身邊」這句話，是這麼地強而有力，一直在我身後照亮著我。

我那每個人都說是窩囊廢的父親，到底在哪裡做些什麼，我們母子真的一點都不在乎，這絕非逞強。

直到三年前的冬天，有人跟我母親聯絡為止。

「小讓，你爸好像過世了。」母親打電話告訴我這件事情時，至少聲音聽起來不帶任何悲傷。

一個窩囊廢，過著像窩囊廢的生活，聽說他在獨居的公寓裡因心臟衰竭過世，最後被房東發現。而且是死了快一個月才發現。換言之，他是孤單地死去。

父親的親戚們說「為了保險起見，還是通知妳一聲」，就此告訴母親這件事，母親對我說，她會出席守靈和喪禮。我說「我也一起去吧」，但母親可能是考量到我，刻意拐著彎說「你工作很忙吧。而且你爸的老家在北海道」，意思是要我別去。

過了幾天，母親返回後，春風滿面地說道「我順道去觀光」，在我面前攤開那裝有泡麵和螃蟹的禮品袋，滿是笑容。

我問她，出席喪禮心裡不會覺得不舒服嗎？

打從孩提時代以來，我已很久沒像這樣當面問她關於父親的事。對母親來說，父親是她避之唯恐不及的離婚對象。

但母親卻笑著說道：「人都已經死了。我現在既不怕他，也不討厭他。」

「這是他留下的遺物，你想要的話就拿去吧。」

說完後，她給了我一個小魚形狀的褐色塑膠玩偶。我平時沒在釣魚，所以一時間沒看出來，母親說那是釣魚的誘餌。

「他喜歡釣魚。」這事我還是第一次聽聞。除了知道他是窩囊廢之外，第一次聽到其他和他有關的訊息。

我輕輕將拿在手上的誘餌放在桌上。

「不用了，我不需要。」

許久沒回來，現在只剩母親一個人住的屋子，飄蕩著焚香的氣味。一件像是母親穿去參加喪禮的喪服，用衣架掛著吊在窗邊。我往屋內窺望，發現母親的側臉已收起了笑容。

她本人堅稱自己是因為不習慣長途旅行，感到疲憊，但她眼窩凹陷，像是剛剛哭過。

過去我從沒看過父親的照片，也沒想過要見他。我一直在心中拿定主意，就算他提出想和我見面的要求，我也不見他。

但父親從沒提出這樣的要求，而我也完全沒見過他，這項事實意外令我感到震驚。我明明就不想見他，但想到這個窩囊廢竟然也不想見我，就覺得很不甘心。難道你從來沒想過要見我們母子嗎？

竟然就這樣孤單地死去，我緊握拳頭，緊緊咬牙。

當時我第一次產生想見父親的念頭。

想見他一面，重重賞他一拳。

6

指定會面的地點是位於品川的一家高級飯店，我曾經去那裡拍過照。剛出道時，曾在那裡接受採訪，拍攝雜誌彩頁照片。當時我遠比現在還沒名氣，但門僮和飯店員工們都對我很恭敬，令我受寵若驚。

果真如那名使者少女所說，指定會面的夜晚是滿月。隆冬的夜空可能是因為天候寒冷，月光充分穿透空氣，顯得特別明亮。我背對著月光，穿過門僮替我開啟的飯店大門。

往上朝挑空的天井延伸的階梯，我已不是第一次見到，但還是一樣覺得充滿震撼力。一處拍照特別搶眼的建築。

擦拭晶亮的大理石地板和屋柱。正面一只得多人才能合抱的大花瓶裡，插著幾乎快要滿出的鮮花。

少女早已到來。

儘管只有她一個小孩，但在飯店這種人來人往的場所，並不會特別顯眼。她原本坐在大廳的一張椅子上，一見我到來，馬上站起身朝我走近。並說了一句「我們走吧」。

和上次一樣沉穩的聲音，在前頭為我帶路。「這飯店真氣派……」我略感緊張地對她說道。雖然來過這裡，但沒在這裡住宿過。感覺會是驚人的天價。

我因為工作的緣故，而被帶到那些會提供套餐的名店時，有時會想，我自己一個人來這種高級的地方，感覺「很對不起媽媽」。

「我說，真的不用付錢嗎？」

我們朝電梯走去。少女無視於我的存在，沒回答我的提問。我不太高興，正想再追問時，她頭也沒回地說道：

「令尊已經來了。」

我為之語塞，少女這才轉身面向我。

「在這裡的十二樓，一二〇七號房。等上樓後，我就會給你房門卡。我不會走進房內，所以你們可以慢慢聊。」

「……我知道了。」

「我會在樓下等，等結束後，你再下樓找我。你要一直待到早上也沒關係。下樓後請跟我說一聲。」

「咦，妳打算在這裡等一整晚？」

我瞪大眼睛。一個小孩在這種地方待一整晚，真的不要緊嗎？可是少女完全不為所動，就只是淡淡地回了一句「這是我的工作」。

看她講得這麼若無其事，我更是吃驚。使者是一種職業嗎？從她這個年紀的孩子口中聽到「工作」一詞，怎麼也覺得很格格不入。

「我沒問題。用不著你擔心，我自己會想辦法。」

「嗯。我說……」

「什麼事？」

電梯到來，我們一同走進。除了我們之外，沒有要往上到住宿樓層的客人。我靠向可以環視這整個挑空大廳的電梯窗邊，開口說道：

「妳想要的話，我可以給妳簽名。」

「啥？」

「不，不是我的簽名，如果妳要某人的簽名，我可以幫妳取得。我現在正在拍早上的特攝影集。就算妳不喜歡，學校裡也會有喜歡的朋友吧？妳完全不收費，會讓我良心不安。看有什麼是我能辦到的，就當作是謝禮吧。如果是這一季，當紅的童星隼多也會參與演出。」

「不用了。」

少女的聲音無比冷淡。電梯來到十二樓時，雖然我不緊張，也沒心懷戒備，但胃部卻有種沉重感。

這一刻終於來了。我突然心跳加速。

「這是房門卡。」

走出電梯時，她遞給我一張名片般大的紙，上頭寫有飯店的名稱，裡頭夾著房門卡。

「請慢走。」

她的手收回電梯內，電梯就此往下降。

腳踩在蓬鬆的地毯上，感覺現實感從腳掌遠去。都這時候了，我才逐漸覺得，自己現在想做的這件事實在很荒唐。

我暗自吞了口唾沫，朝那個房間走去。像迷宮一樣，前方出現一處轉角，我就此通過。指定的那個房間，位於東邊的最邊間。

我站在門前，做了個深呼吸。

我這才發現一件事，我從未見過我父親，就算她安排了一個冒牌貨，我也無從辨識。說來也奇怪，我竟然因此感到平靜不少。或許只是那名少女安排一名冒牌貨在我面前演戲。雖然不知道我是否有能力識破，但想到這個人或許不是我真正的父親，胸中的壓力頓時減輕許多。

我朝房門敲了兩下。傳來一聲比想像中還要清晰的「請進」，我就此拿定主意，推開房門。

7

走進房內的第一印象，是一股濃濃的酒味。

一打開門，頓時一股啤酒的微苦氣味撲鼻而來，令我一時躊躇。我緩緩邁步向前。竟然在喝酒——我興起一股強烈的失望感。雖然沒有「我到底在期待些什麼」的念頭，但果然就跟他給人的風評一樣。「或許等著我的是個冒牌貨」這個想法，徹底被推翻了。連在這種時候，都會先打開啤酒來喝，等著我到來，這個窩囊廢確實是我爸。

果然是真的——我心想。

使者果然是真的。她真的把我父親從陰間帶來這裡。

我父親就在房內的桌子前。

他沒坐在椅子上。

也沒坐在床上。而是跪坐在地毯上，定睛望著走進房內的我。他的神情無比僵硬，一雙眼睛瞪得好大，一見到我，馬上開口道：

「你是讓先生嗎？」

突然還在名字後頭加上「先生」的尊稱。

他穿著一件寬鬆的薄開襟襯衫，看起來像已經有好幾天沒洗了，下半身則是一條略顯骯髒的白西裝褲。看起來確實不像從事什麼正經工作的這名男子，直接朝我低頭行了一禮。他滿頭白髮，理成小平頭，前額緊貼著地毯。

「謝謝你找我來這裡，我是你的爸爸……」

男子吞了口唾沫，發出咕嘟一聲，停頓了一會兒，以沙啞的嗓音報上自己名字。

「市郎。」

我大為吃驚。

原本心想，就算是冒牌貨也罷，我要痛毆他一頓，但這突如其來之舉，令我滿腔怨氣無處宣洩。我很窩囊地應了一聲「哦」。這個像蝗蟲般弓著身體的男人，始終沒抬頭。他是打算在我開口說話前，一直維持這個姿勢嗎？我心裡這麼想，理應對自己主動開口感到不悅才對，但我卻突然自我介紹起來。

「——我是紙谷讓。」

男子沒抬頭。他維持那誇張的動作，像匍匐在地般，雙手撐地，始終沒撐起身子。

「我說……」

我心想，他這麼做是在開玩笑是吧。

還是說，他自認愧對我，不管我說什麼，要罵他還是揍他，他都沒任何怨言，所以才故意擺出這麼謙卑的姿態？如果是這樣，他未免也想得太美了吧。因為心裡焦急，我再次喊了聲「我說」，這次聲音略顯粗魯，我看到男子撐地的雙手，來到嘴邊的話頓時又縮回肚裡。

男子的雙手緊按在地毯上，正簌簌發抖。

緊貼在地毯上的那顆小平頭，像在搖晃般，小動作地上下擺動。不斷有液體朝他交疊的雙手滴落，不知道那是淚水、口水，還是鼻水。它們交混在一起淌落，他卻不動手擦除，一直伏臥在地，從他口中發出極力壓抑的聲音。

男子在哭泣。

讓你看見我難看的樣子了，對不起、對不起、對不起——他如此低語。

本想揍他，但我一時感到怯縮。我閉上微張的雙脣，深吸一口氣。望向一旁，發現桌上有兩罐麒麟啤酒，罐身已被壓扁橫放，顯見已經被喝光。

沒想到死人還是會喝酒——我對此感到折服，第一次開口叫了他一聲「爸」。很乾脆地就這樣叫出聲，連我自己都不敢相信。

我那跪地發抖的父親，聽到這聲叫喚後，原本壓抑的聲音就此脫口而出，發出長長的一聲「嗚——」，他大聲說道「對不起、對不起」。

我一把抓住他那只穿著一件薄襯衫的肩膀，硬抬起他的臉來。似乎是我力量比較大。他以渾濁的雙眼望著我。與我四目交接後，淚水頓時從他雙眼奪眶而出。「讓！」他第一次直呼我名字。

他眼角微微下垂。那眼形和我很像。

我心想，啊，真的是我爸。

若不借酒壯膽，就不敢見自己兒子的窩囊廢。就像傳聞的一樣，這個人是我爸。

8

我硬把哭個不停的父親扶起身，讓他坐向椅子。

我很懷疑他這樣是否能好好說話，但過了一會兒後，他雖然還抽抽噎噎，但呼吸已逐漸變得平順。

打消揍他的衝動後，覺得他是個悠哉的傢伙，他垂眼向我問道：「我可以看你的臉嗎？」

「——可以啊。」

雖然覺得不耐煩，但我還是坐向他對面的椅子。父親神色躊躇地由下而上細看我的臉，動作看起來極其卑微，當真窩囊，我心想，他大可光明正大地看。但我自己也不懂為什麼，感到胸口一緊，說不出的難受。

「長得真像小真。你媽她還好嗎？」

父親說這話時，就像是一股氣憋在胸口似的，我聽了之後，這才明白他當初是怎麼稱呼我母親。在母親家中聞到的焚香氣味，母親朝衣架掛上喪服的背影，都與他的聲音重疊在一起。

「她很好。」

「……這樣啊。」

對話就此中斷。

在令人尷尬的沉默中，敞開的窗簾外那高掛夜空的一輪明月，展現出強烈的存在感。縮著身子坐在椅子上的父親，肯定就像人們說的，是個窩囊廢，但看起來並不像親戚們口中所說的那樣，是個有暴力傾向的人。聽說他總是四處拈花惹草，但像他這種男人到底哪裡好，哪來那麼多女人喜歡他？難道他年輕時充滿男性魅力？

他那細得像枯枝的手，不知道該做什麼好，緊緊揪住運動褲口袋。可能是受不了沉默，他主動開口道：

「你今年幾歲了？」

「二十三。」

我冷冷地回答這個數字，接著父親像在自言自語般低語道：「這樣啊。」可能是害怕沉默，他接著又問：

「你還沒……結婚吧？那工作呢？還是說，我已經有孫子了？」

「我還沒結婚。有正經的工作。」

和你不一樣——我很想這麼說，但忍了下來。

就算我生了孩子，我也不希望讓這個人叫他「孫子」。雖然覺得，面對一個已死之人，這樣未免也太不成熟了，但心裡還是覺得很不是滋味。

父親低著頭。也許他原本的個性喜歡說話，儘管面對只會冷漠答覆的我，他還是努力向我搭話。

「……為什麼你會想見我呢？我聽說，是你主動說想見我。」

「我原本並不是想見你。真要說的話，是情勢所逼。其實我原本是想讓自己的愛人和其他死者見面，才努力地調查使者的事。結果那名少女說，她不接受這樣的委託……」

「原來你有女朋友啊。」

我原本心想，聽完我的說明後，他要是能感到失望就好了，但我話說到一半，他突然開心地喊道：

「是怎樣的女孩？美嗎？像你媽嗎？」

因為愛面子，不小心用了「愛人」這個字眼，但其實根本不是。雖然明白拿這件事遷怒他很沒道理，但我還是略感惱火。忍不住回了他一句「是個大美人呢」。

我的個性也太隨便了吧，儘管心裡這麼想，但還是管不住自己的嘴巴。

「她是位女演員。」

「咦，女演員？真的假的？」

「騙你幹嘛。我也是一名演員。」

父親雙目圓睜。接著又以同樣的口吻，睜大眼睛問道：

「真的假的？」

「騙你幹嘛。我還在電視上演出呢。」

「真的嗎？有哪些作品？例如有附你照片的雜誌，或是你女朋友演出的電影之類的。」

「有是有啦……」

我取出手機，從中調出幾張照片。父親生前，智慧型手機可有像現在這麼普及？我對此感到疑問，讓他看了幾張照片後，他大喊一聲「真厲害」，一把從我手中搶走手機，將它捧在手上。用他那雙布滿青筋的手，戰戰兢兢，如獲至寶般地拿在手中，望著我在上頭顯示的照片。

「讓……你太厲害了。嘩～」

「原本想等日後變得更厲害時，要讓你刮目相看的。」

此話一出，父親那枯瘦的臉龐上浮凸的雙眼，定睛注視著我。我大吃一驚。他瘦得像骷髏一般。我心想，他死前真的是長這個樣子嗎？那張臉，氣色糟透了。

「媽媽她吃了很多苦，含辛茹苦把我養大。我一直在想，日後要是遇見你，要當面向你問清楚。雖然我知道你沒臉見我們母子，但你死前從來沒想過要見我們一面嗎？」

「我想過。」

父親很乾脆地點著頭。

「我當然想過。」

「那又是為什麼？」我問。「為什麼沒來見我們，就這麼死了。」

「那是因為……我害怕。」

父親像孩子似的，噘起了嘴。

「離婚時，他們吩咐過我，不准再次接近小真和讓。原本我就已經讓小真吃足了苦頭，現在就算我想要見你們，向你們道歉，我也不覺得能見得到你們。我當然想見你們啊。」

父親那表面渾濁的雙眼，微微變得扭曲。

「……原來你也會想道歉啊。」

我對別人向來都很溫柔，但今天卻不斷採用責備的口吻。只有今晚能和他見面，說完這些話道別後，我自己恐怕會有好一陣子感到心裡難受。儘管意識到這點，但我還是停不下來。

父親就此噤聲。他緊抓褲子的手，緊緊地握著拳頭。

「我聽說你嗜酒如命又花心，還因為賭博而欠了一屁股債。」

父親低著頭沒回答。我擅自認定他是默認，接著指責道：

「我從小就一再聽別人這樣對我說，所以我到現在還是對酒和賭博充滿恐懼，擔心自己身上也流有跟你一樣的血。」

我一直對酒和賭充滿提防。但我一直很在意的問題，其實是女人。我忍不住說出窩囊的心聲。

「我從以前就很有女人緣。」

「……我猜也是。因為你是型男嘛。」

「啊，你知道這種用語？」

父親急忙別過臉去。

我心想，這麼窩囊的父親，大家到底是覺得他哪點好，但我還是一面回想自己那段不知如何是好的時期，一面接著往下說。

「不管是要同時腳踏幾條船，只要我有心就能辦到，而且不會有任何躊躇，當我發現這件事情時，感到心裡發毛。這種時候我總會想到你。為了不想變得和你一樣，我一直努力想擺脫這個詛咒。」

我該不會變得跟我那輕浮的父親一樣吧？

第一次清楚有這樣的自覺，是向美砂提出交往的要求遭她拒絕的時候。過去我都當自己人長得帥，從沒被拒絕過，但感覺我徹底被美砂看穿。

看穿我體內流著很隨便的血，和我父親一樣。

雖然不清楚是怎麼回事，但美砂因為自己的過去，而讓漫長的時間就此暫停。明明無法往前走，卻又死命地掙扎，看起來比誰都認真，這樣的美砂，與我過去所認識的任何一個女生都不一樣。

「我是詛咒嗎？」

「沒錯，你就是詛咒。拜你之賜，你知道媽媽有多辛苦嗎？」

我直言不諱，重新面向父親。我聽說他和母親離婚後，並未再婚。靠打零工的勞力工作維生，以賺來的錢買酒喝，每天都過這樣的生活。

「有件事我也想問你。」我問道。「你明明那麼花心，又為什麼要和媽媽結婚？你沒想過這樣會害她不幸嗎？」

「這是因為，小真和其他女人不一樣。」

我不發一語地注視著父親。他似乎也很不知所措，低下頭去，但是看我一直沒說話，他又開始自己說了起來。

「我想讓她養育我的孩子。」

他似乎覺得難以啟齒，視線從我臉上移開。

「我很好奇，像她這樣的好女人，不知道會怎樣養育孩子，如何在家中扮演『媽媽』的角色，就這樣，我很想和小真結婚。我真的很喜歡小真。」

「……到最後，你根本無緣見識。因為你自己的素行不端。」

聽我這樣說，父親這次沒露出卑微的神情，他很乾脆地點頭應了聲「沒錯」。接著他竟然面露微笑。

「不過，真是太好了。看到你現在的成就，我深切明白，小真真的把孩子照顧得很好。謝謝你，讓。還好有你陪在小真身邊。見到你我便明白，小真現在過得幸福又有朝氣。」

我無言以對。

我心想，拋下一切，棄我們於不顧的你，有什麼權利說這種話，但以前母親對我說的話，竟不由自主地與父親的聲音重疊，在我耳中響起。

——我很慶幸有小讓你陪在身邊。

所以我現在才會說不出話來。

之所以會感到胸口一緊，隱隱作疼，全是母親的關係，絕不是因為這個不負責任的父親。雖然這麼想，但淚水還是不由自主地滲出，在他發現之前，我不發一語地用力將它拭除。「少廢話。」我朝他吼道。

「……原來你現在當上演員啦。還在電視上演出是嗎？真不簡單。」

父親拿著我遞給他的手機，以生疏的手勢模仿我剛才的動作，操控手機。我沒那麼多亮相的機會，像我這種演員的宣傳照會有多少，可想而知，但僅有的這些雜誌報導和舞台劇宣傳手冊的照片，他一再點閱。

看到一半，他就像在膜拜般，雙手抬起那小小的手機。聲音開始顯得沙啞。

過了一會兒我才發現，他又哭了起來。

「原來是這樣……讓當上演員了。嗶……」

我的輕浮，還有得意忘形的個性，原來都是遺傳自這個教人沒轍的父親嗎？聲音沙啞的父親，突然弓起身子，真正哭了起來。

「可惡，我好想親自養育啊。」他這才說出後悔莫及的話來。

「我好想和小真還有你一起當家人。好想和你們一起。」

「是你自己不對吧。」

我緊咬嘴唇，對他說了一句「你只會說這些只顧自己好的話」，朝弓著身子，像蝦子一樣的父親肚子輕輕一戳。我原本想像自己是卯足了全力揮拳，但我那剛硬的拳頭卻不帶半點衝擊，直接被吸進父親那清瘦沒肉的腹中。

父親的腹部配合一聲嗚咽，大幅度往內凹陷。

「謝謝你。」父親說。

「謝謝你來見我。本以為我這輩子再也沒機會見到你了。」

「……什麼嘛，太晚了。人都死了才這麼說。」

我又朝他腹部打了一拳。父親抬起他那淚漣漣的臉龐，笑著道：「啊，對哦。」

那是不帶半點悲愴，十足憨傻的臉。

「其實她不是我女朋友。」

夜色漸濃，我喝完一罐啤酒，藉著酒意，這才向父親說出真話。父親仍握著我的手機，液晶螢幕因為他手上的油脂和指紋而變得黏膩。

我指著畫面中美砂那耀眼的笑臉，補上一句「我被她甩了」。

「我愛交女朋友，個性又隨便，她一定都感覺到了。所以她都不搭理我。」

「你這樣也太沒用了吧。」

父親皺起眉頭，接著朝我肩膀用力一拍。力道出奇地強，我不禁心想，他這弱不禁風的身體哪來這麼大的力量。

「就只是被甩了一次而已。如果你真的喜歡她，就要不厭其煩地去挑戰，直到對方開始同情你為止。當初我就是這樣追到你媽。」

「……如果這樣反而害她不幸的話，那也太不應該了。」

「我確實是讓你媽吃了不少苦，不過，我倒是覺得很幸福。」

他這個人真的很隨便，真是敗給他了。他接著還很驕傲地說道：

「沒關係的。或許對你媽比較過意不去，但結婚後我覺得很幸福，而你媽也是，如果不是這樣，她不就無法生下你了嗎？所以沒有人變得不幸。」

求婚就得這樣才行，父親理直氣壯地說道。

「別去預想對方的事。趁你覺得自己可以掌握幸福時，大膽地放手去做。沒問題的，你是好男人，而且又是個型男。」

「……真敢說。」

我已不想再說任何怨言，改為正面望向父親。

——說什麼真想和我媽一起養育我，我這父親就只會說些只顧自己好的話，不過，剛開始走進房內時，他全身顫抖，還叫我「讓先生」，跪坐在地，連頭都不敢抬。

真想告訴母親這件事。母親或許已不想再見到他，事實上，也確實無緣再見，但我還是想告訴她。

東方的天際已亮起曙光。

因為覺得尷尬，而不知該說什麼好的這場會面，同時也是我第一次和素未謀面的父親見面，轉眼便已一夜過去，感覺真是不可思議。

「我會跟媽媽說的。」我主動開口說道。「雖然使者的事，就算我跟她說，她一定也不會相信，但媽媽總有一天也會壽終正寢，等她死後，你一定要到她跟前向她道歉……等我死後，也會帶著妻子去跟你們會合。」

雖然不知道陰間是否存在，但天國或陰間是以何種概念存在，我現在已隱約有大致的了解。

永遠再也沒機會相見，這樣實在太殘忍，所以「陰間」是許多人渴望前往的場所。我和母親日後有一天還會和他相見。

我可以抱持這小小的希望。

父親一直沉默不語，就像忍著不敢打嗝似的，睜大眼睛望著我。

「雖然在這個世界，我們不曾三個人一起同住過，但等到日後在另一個世界相見時，我們再告訴媽媽，說我們在這個世界見過面，讓她大吃一驚吧。說出心中想說的話之後，我也覺得舒暢不少。」

「你太過分了。喂喂喂，臭小子。我們也曾經三個人一起同住過啊，還曾經去釣魚呢。」

父親那泛白的雙眼，微微帶有一層淚膜。我反問了一聲「咦？」，過了一會才發現真相，心中暗呼「啊，對哦」。

其實只是我自己沒記憶，不過在我兩歲前，他應該和我們母子一同生活過一段時間。

和他一起去釣過魚，這件事我也是第一次聽聞。

他說我當時很喜歡小魚形狀的誘餌，常藏在自己的長靴裡，甩著它玩。還說那時候的我很可愛，我心想，這是當然，就此聽他暢談過往。

有一次還曾經差點掉進海裡，真的好險。不過在家附近的釣魚池真的掉進水裡，本以為你會大哭，但你卻因為水的觸感而高興地大笑，膽子真大……

父親說這些事情時，顯得很快樂，也因為這樣，在太陽完全升起，清晨到來，他完全消失之前，我們一概沒有感傷的對話。

話多的父親，剛才一直坐在那兒的椅子，突然瞬間安靜下來。

留在座位上的手機，仍顯示著那張我和美砂合演時所拍的海報照片，就像一直到剛才為止都還有人在看似的。

初升的朝陽，照向螢幕畫面中我們兩人的臉龐。

9

下樓來到大廳後，少女仍坐在椅子上等候。

她發現我下樓後，馬上起身朝我走來。她仍是昨天的裝扮，肩上掛著斜背包。

「結束了嗎？」

她以不顯露一絲睏意和疲憊的聲音詢問。擺在大廳正面處，一座看起來像古董的大鐘，顯示現在時間是早上六點半。一早要出發的客人們，拖著行李箱從我們身旁路過。

「嗯。」

這位少女模樣的使者還是老樣子，感覺不出什麼現實感，不過，結束這一晚的會面後，我對她已無任何猜疑。那個人不是冒牌貨，確實是我父親沒錯，我對此完全相信，沒有容我懷疑的餘地，這點實在很不可思議。

我向她說了一聲「謝謝」，將房門卡還她後，少女很制式化地收下，不發一語。她似乎完全不想過問，所以我自己主動先說了。

「……好在請妳幫忙安排我們見面。冰箱裡的啤酒幾乎都喝光了，沒關係嗎？」

「沒關係。」

少女馬上應道，接著說了聲「再見」，準備就此轉身離去。我朝她背影喚了一聲

「我說……」

「妳真的不需要簽名嗎？還是妳想到攝影棚參觀也行，有沒有我能辦到的答謝方式？」

或許妳已不是會看特攝節目的年紀，和我一起演出的演員簽名也吸引不了妳——我

自知這樣的說法很黏人，但還是如實以告，果然，最後她還是冷冷地搖了搖頭。

「不用。我什麼都不需要。」

「那麼，我會變得更有名氣。」

我有點失望，但我改為對她說：「我下一齣預定參與演出的電影也很有意思哦。」

「我會努力演出，讓妳會想跟我要簽名，所以妳一定要看哦。」

我如此說道，心想，這位十足大人樣的少女大概不會搭理我，但沒想到她的表情略微起了變化。

「我知道了。」

她的視線停在我臉上，靜靜仰望著我，接著突然轉過身去。

「那就讓我拭目以待吧。」

「謝謝。」

我深深一鞠躬，向少女道謝。

與少女道別後，正準備走出飯店時，有個人穿過大門，快步跑來，差點和我撞個滿懷。

「啊，對不起。」

對方停下腳步，我回了一句「不會」，抬起頭來，在朝陽的微光下，感覺對方微微倒抽一口氣。

「啊……您該不會是演員紙谷讓先生吧？」

對方年紀與我相當，可能還長我幾歲。我目光停在他身上穿的大衣上。時髦又帥氣，皮革和布面的搭配方式別出心裁，與今年冬天我為雜誌拍照時，造型師要我穿的一件名牌大衣很類似。

「我就是。」

我馬上如此回應，望向對方。

看起來不像同業，但此人五官工整，模樣清秀，而且個子頗高。我們四目交接後，他面露微笑說道：「啊，果然是您！」

「沒想到能在這種地方遇見您，真開心。我是您的影迷。不好意思，可以幫我簽名嗎？」

「咦，真的嗎？」

換作是平時，我早已習慣別人的叫喚，也能做出更像樣的答覆，但可能是那位使者少女一直對我態度冷淡的關係，此刻聽他這麼說，我心裡很是開心。我滿心雀躍，覺得自己也不差嘛。

我朝他遞出的筆記本簽名，心想，他該不會有個愛看英雄戰隊的孩子吧。雖然看起來不像有孩子的年紀，但如果說他是位年輕爸爸，倒也有幾分那個味道。

接受我的簽名後，他很客氣地低頭行了一禮說謝謝，之後又重新站正。

我朝他揮手說了聲「再見」，他很有禮貌地挺直腰桿，點頭對我說「請慢走」。

嘴角微微帶著笑意。

「——真的很謝謝您。回去的路上請小心。」

——離開飯店時，一般都不會說「回去的路上請小心」吧。通常都是說「謝謝光臨」才對，而且他又不是飯店員工，這麼說有點奇怪。而我也是隔了一段時間之後才突然發現這件事。

在朝陽下，我和他就此道別。

10

與父親見面後，我馬上打電話給美砂。

她說她很忙，抽不出時間見我，我對她說「只要一下子就好」，約在她家附近的公園見面。

後來我打電話給母親，回了老家一趟。

「爸爸的遺物我要了。」就此收下那個呈小魚形狀，又舊又髒的誘餌。

我鼓起勇氣，走向美砂等候的長椅附近。我插在夾克口袋裡的右手，緊握著那個誘餌。

我拿著那個小時候很喜歡的誘餌，向母親問道「妳還記得嗎」，母親只說了一句「這個嘛……」沒明確回答。不過，在分配父親遺物時，應該有不少東西，但母親特別挑了這個誘餌，而父親也一直將它留在身邊，這表示他們曾經有一段共同生活的時光。

「我曾經掉進釣魚池嗎？」我問。「不，」母親很明確地搖了搖頭。「掉進池裡的是你爸。你指著他哈哈大笑。」

父親的聲音清楚地留在我耳畔，一點都不像是死者的聲音，我就像受到這聲音的催促般，站在美砂面前。

——如果你真的喜歡她，就要不厭其煩地去挑戰。

「你怎麼了，這麼突然？你應該比我還忙才對吧？」

「不，今天沒關係。」

美砂似乎有所顧忌，若無其事地環視四周。以我的程度，還不至於有狗仔跟監偷拍，但美砂與我見面時，總會避免與我並肩而行，刻意走在我身後兩三步，這麼貼心的她，我真的很喜歡。

「我說……」

「什麼事？」

一聽我開口，美砂便轉頭望向我。很多人都誇她眼神充滿力量，那對強而有力的眼瞳，今天感覺更加鮮明。

雖然不知道她會不會相信，但我還是要告訴她。將過去到現在我所遭遇的事，全都對她說。

我發現，我也可以詢問美砂的遭遇。

就算過去發生過什麼事，至今仍折磨著她，那都無所謂。即使她覺得傻眼，感到哀傷，我都有自信可以擺平。我不知道美砂會怎樣，但我自信能得到幸福。

既然這樣，就請她面對我的自信吧。

我不想變得花心，莫名感到鬥志昂揚。當我以父親當負面教材時，那就表示我從以前就一直在他的影響下成長。無法逃避。

「我見過使者了。」

美砂一聽我這麼說，倒抽一口氣。

她那對大眼睜得更大了。以前我在人們面前談到使者時，美砂曾經以既傻眼，又鄙夷的口吻向我勸說道「你最好別隨便在人們面前談這件事」，所以這次本以為她又會對我說一句「你又在說什麼傻話啊」，不當一回事，但結果並非如此。

美砂將驚訝而微張的嘴脣緊緊閉上。接著點頭應了聲「這樣啊」。那是令我意想不到的平靜反應。她問我：

「他看起來可好？」

「咦？哦，她很好啊。」

在不懂這句話含義的我面前，美砂做了個深呼吸，接著抬起頭來。

「小讓，你透過使者和誰見面？」

「我爸。」

我從沒跟美砂提過我那沒用的父親。美砂就只是一臉認真地注視著我，既沒催我，也沒提問。接著她垂眼望向地面，開口問道：「要不要去我家？」

這次換我瞪大眼睛了。美砂說：

「我慢慢聽你說。不過我那裡空間不大，你要來嗎？」

「可以嗎？」

「屋內有點亂……」

「美砂……」

我覺得要是錯過這次機會，就再也說不出口了，一把拉住正準備起身的美砂。美砂轉頭望向我。一看到我在告白前那緊繃的神情，她噗哧一笑說道：「小讓，你也真是的。」

「你可真坦率。這正是我所沒有的特質，所以我很羨慕你。」

「咦？」

「還記得我們兩個人第一次獨處嗎？」

「呃……」

那是什麼時候的事呢？我努力想要憶起，但一時想不起來。看我這樣的反應，美砂又笑了。

「在新宿的文化劇場。」美砂說。「我們約好要一起去看舞台劇，但我迷了路，不知道地點在哪兒，那時你人站在二樓的劇場前，朝人在一樓的我揮手。喊著『美砂，這邊』。」

經她這麼一說，好像確實是有這麼回事。柔和的笑容在美砂臉上展開。

「我一點名氣也沒有，所以不在意，但你明明很受歡迎，卻完全不遮臉，也沒半點猶豫，就這樣扯開嗓門叫喊。我嚇了一跳，但心裡很開心。你一點都不在意別人的目光，正大光明。我心想，你應該是看我迷了路，東張西望，不知如何是好，才會馬上出聲叫我。」

我不知道這話題會往哪兒發展，就此沉默不語，而站起身的美砂，這時第一次主動向我邀約道「我們走吧」。

朝我遞出白皙的手。

「使者和你父親的事，你就慢慢說給我聽吧。我也有話想跟你說。」

你聽了或許會討厭我。

美砂就像是自暴自棄般，小小聲地補上這句話，我全聽在耳裡。我不發一語地緊咬嘴脣，握住她的手。這是我第一次牽美砂的手，感覺是如此地柔軟、冰冷、小巧。

我緊握她的手，回答道：「我會聽妳說。」

＊　＊　＊

車子駛近秋山家，在轉角處右轉時，他喚了聲「起床了」。

在前座睡覺的杏奈，因這聲叫喚而坐起身，她帶在身上的那本附簽名的筆記本，就此從她胸前滑落。

步美手握方向盤，伸手撿起筆記本，然後放回她手中，再度喚道「起床了，就快到了」。

「……我還覺得睏。」

杏奈應道，不滿地噘起嘴脣。

不過她還是勉強撐起沉重的眼皮，瞪著步美說道：「讓孩子熬夜工作，這樣違反勞基法吧？」

「步美，我可沒那麼好矇騙哦。這次你欠我一個人情，你可別忘了。」

「真嚴苛，不過才一次嘛，有什麼關係。」

「……不過，你幫我要到了簽名，這次就原諒你吧。」

杏奈如此說道，開心地發出「嘿嘿」的笑聲，撫摸著步美幫她拿去請紙谷讓簽名的筆記本。步美重重嘆了口氣。

「既然妳那麼喜歡，就自己跟他要，順便和他握手，不是很好嗎？」

「不行。使者要是這麼做，會讓人覺得沒有威嚴。」

杏奈，今年八歲。

雖然已不是會看英雄戰隊片的年紀，但目前上演的這一系列，因為有和她同樣年紀的童星參與演出，她周遭的朋友也都很關注。

「這次情況特別。因為委託人是小讓，所以我才以秋山家的身分居中安排，但不可能每次都這麼做。請你自己好好處理。使者的職務必須由分家負責。」

「──我明白。」

舅公過世後，秋山家當家的位子由秋山杏奈繼承。

步美從祖母那裡繼承使者的職務時，杏奈還只是個小孩，她是舅公的曾孫。聽說是舅公在遺言中特別囑咐，要由杏奈當他的接班人。真不知道這麼能言善道的孩子出世，是秋山家歷史悠久的占卜師血脈使然，還是杏奈自己與生俱來的才能。在這孩子面前，就連步美也總是矮上半截。

自從祖母過世後，秋山家還是一樣把步美當家人看待。雖然現在是以杏奈為首，但就像當初祖母所提出的請求一樣，現在秋山家仍會從旁協助。

「不過，為什麼步美你這次不能直接經手呢？」

「不……因為這次的委託有點棘手。」

他想起當初接到那通電話時，他心中有多驚訝。

『我名叫紙谷讓，不是我要委託，是我有一位工作夥伴，不，應該說是朋友吧，我想代替她來委託。她是一位叫嵐美砂的女演員，你知道嗎？她高中時代有位好朋友過世……』

聽到那熟悉的名字，步美的記憶就此受到刺激。

關於她們兩人的記憶，就像是一根扎在身上的刺，只要伸手碰觸，便會隱隱作疼，他在執行使者的工作時，沒有一次不會想起她們兩人的事。

使者的委託看的是「緣分」。

祖母和舅公都這樣告訴他。有人怎麼樣也聯繫不上，但如果是有需要的人，則會很自然地來訪。

他高中畢業後，一直都沒和嵐見過面。

他們各自都搬離原本的住所，本以為再也不會有機會相見。嵐美砂已透過使者和她已故的好友見面過。當時是由仍是見習生的步美負責居中安排。步美仍清楚記得那天她的聲音。

——讓我去。讓我再去見御園一面。一下子就好。

她們兩人的會面，步美永生難忘。

紙谷讓說他想代理美砂前來委託，但步美已接受過美砂的委託。這次如果他直接出面接洽，並不恰當。聽完讓的委託後，步美作出這樣的判斷。

「不過，真是太好了。她看起來幹勁十足呢。」

嵐美砂後來的活躍表現，步美也都瞧在眼裡。雖然不是每天都在電視上看到她，但步美一直都很留意她的事，覺得她很認真投入工作中。

「嗯～」

坐在前座的杏奈點著頭，打量著步美。接著開口道：

「小讓的戀情要是也能順利發展就好了。」

「──嗯。」

「啊，是飛機雲！」

杏奈趨身靠向擋風玻璃，指著冬日清晨清澈高遠的天空。那一直線的白雲，在擋風玻璃中筆直地一路往上延伸。

步美微微打開車窗，讓因為開暖氣而變得溫熱的車內空氣通風一下。冷得扎人的寒氣拂面而來。朗朗藍天，陽光普照。

繼承祖母使者的職務，已即將迎接第七個春天的到來。

歷史研究者

「大概只有我會做這樣的委託吧？」

他如此說道，趨身向前時，掛在脖子下方的保羅領帶大動作搖晃。在博物館內的這家小咖啡廳和他見面的步美，應了一聲「對」，對他的熱情感到怯縮。在這處採挑空設計的咖啡廳開放空間裡，步美同時也很在意周遭人的目光。他正準備環視四周時，那名前來委託的男子就像不讓他轉移注意似的，又再說道：

「想見歷史人物的委託，就算有人想到要這麼做，恐怕也只是一時興起所開的玩笑。沒人是真的抱持這樣的願望。但我不一樣。」

厚厚的眼鏡，帶有絞染圖案的麻質襯衫。明明現在還是春天，但他卻頻頻用手帕擦拭額頭冒出的汗水，拿手帕的手指可能是因為興奮，顯得特別用力。

1

步美這天早上，是從他到位於代官山的「積木森林」上班開始展開。

「早安。」

只有七張辦公桌的小辦公室裡，雖然擺設了電腦，但一走進裡面，檜木的香氣頓時將步美包覆。這和一般公司的辦公室不一樣。

「早安，澀谷老弟。」

大學畢業後，他在使用木材製作積木的製造公司內擔任企劃，今年已邁入第二個年頭。

這家公司雇用的員工不多，步美已作好心理準備，接下來這幾年，他應該都會是公司裡最年輕的員工。比步美更早到公司上班的，是社長伊村。今天他同樣喝著自己沖泡的熱茶，背對著窗戶看報。

只會鋪貨到東京幾家店面的這家小型玩具公司，不做大規模的生意，但也因此保有周到的服務，消費的父母和孩子都給予很好的評價。擁有不少固定的客源，在這個小圈子裡頗有名氣。

步美是因為他的親戚秋山家多了杏奈這個女娃，才知道這家公司的存在。

當時他偶然路過一家店，買了店內的商品作為祝賀孩子出生的賀禮。他因為喜歡那木頭作成的積木色澤和觸感而買下，當時還在世的祖母拿起這個玩具箱說道：「哦，是這家啊。」

「是你爸以前曾和他們一起做家具的那家工房。」看到標籤上所寫的名字後，祖母瞇起眼睛補上一句「真教人懷念呢」。

步美的父親擔任室內設計師，但因為過世得早，所以步美很少聽祖母談到父親工作的詳情。

曾和爸爸合作過的工房，和這家公司有往來呢——「積木森林」販售那家工房製造的玩具，所以這名字刻印在步美的記憶裡。幾年後，他開始在外求職，當他看到「積木森林」在召募員工時，雖然不至於覺得是命運的安排，但還是有一份親近感，因而前往應徵。

雖然不是受父親影響，但步美大學時就讀的是美術和設計的科系。從那時候起，便對玩具類的工藝設計很感興趣。

在面試時，他沒提到父親的事，是之後順利進入公司後，才在一次偶然的機會下向社長說出這件事。社長馬上帶步美前往那家曾經和他父親合作過的工房。他們重視原木質感，秉持這個原則製作玩具，名叫雞野工房。前往拜訪後，曾經和他父親共事過的負責人夫婦，都很熱情地歡迎步美。

「這樣就和你們父子兩代都有交情了。」對這對夫婦來說，這是很不經意的一句話，但步美聽了相當窩心。

步美送杏奈的益智積木，杏奈還不到適玩的年齡，就已成功解開，於是他接著又送了同一家工房做的木製巧連環。這玩具有點難度，就連步美也無法馬上解開，但杏奈三兩下就破解，還很狂妄地說：「等下次推出新的，再買來送我吧。」

因為員工少，有時特別忙碌。而且步美是才進公司兩年的社會新鮮人，有許多事還沒上手，時常要向人請教和道歉。

「澀谷老弟，今天又要去雞野工房嗎？」

「啊，是的。因為上次訂購的商品，樣品快用完了。」

一直到去年為止，他都還是只能在一旁幫忙，但今年他第一次獨力推出可行的企劃案。如今已能將他視為即時戰力，指派工作給他，這也是員工少的公司特有的優點。

聽步美這麼說，社長笑了。

「看到自己的第一個商品擺在店面裡，一定很感動。因為我以前也是這樣。看到有人買我的商品，就會無比感動。」

「是的。我大概會哭吧。」

步美一面笑著回應，一面仔細檢查電腦裡收到的郵件，起身離席。他拿起外衣，說了一聲「我出去一趟」，就此離開辦公室。

他在輕井澤站下車，坐上巴士，穿過白樺林。

在工房附近的公車站下車後，在沒有車輛通行的道路上，盈滿著靜謐的空氣，彷彿光是吸一口空氣，肺部就會轉為透明。

步美對前往雞野工房的這段路情有獨鍾。

受森林包夾的小路，抬頭仰望，會發現樹葉的影子和氣味確實變得比上個月更濃了。五月的輕井澤仍需要大衣保暖，肌膚微感寒意，不過連空氣的顏色都顯得沉重的寒冬，確實已經結束。

就在他走在寧靜的道路上，邁步朝工房前進時——

手機響起。不同於步美工作和私人使用的手機，這是另一支手機。

聽到手機鈴聲，他停下腳步。從包包裡取出手機，螢幕上浮現一個陌生的電話號碼。這不是手機號碼，而是不知名的市外電話。

「喂。」

——他心想，好久沒接到這種電話了，就此接起手機。

他手中的不是智慧型手機，而是祖母也曾用過的傳統手機，自從步美繼承這項工作後，便讓家中的電話可以轉到這支手機上。

從電話的另一頭傳來『喂』的聲音，感覺是位上了年紀的男性。

『這是「使者」的電話嗎？聽說你會安排見面。』

「是的。」步美應道。

高中時代，他的聲音常會令對方心想「根本就還是個孩子」，而大吃一驚，現在聽起來應該比較成熟了吧？

白亮的陽光從樹叢間透射而下。步美抬頭仰望，瞇起眼睛，一面確認四下無人，一面應道：

「我是使者。安排死者和活人會面的窗口。」

你從祖母那裡繼承的使者工作，也可以當專職——祖母的娘家秋山家曾這樣說過。秋山家是占卜師的名門，對他們來說，要照顧步美一人並非難事。但步美很恭敬地加以婉拒。

自從祖母身體欠安，當時仍是高中生的步美便開始從事使者的工作。可以安排死者與活人見面的窗口。

接受理應永遠不可能實現的會面委託，與死者交涉，選定場所，使者的這項工作，只有一部分人知道他們的存在，而能否循線找到他們，一切都看「緣分」。沒錯，這是上一代使者，也就是他的祖母告訴他的事。

有人不管怎麼找尋，就是無法找上門，但不可思議的是，有需要的人自然就會聯繫上。

而他們找到的聯絡方式，就是步美攜帶的這支手機。

正式從祖母那裡接下這份工作後，步美明白了一件事。對使者所做的委託想要實現，機率真的很低。

照理來說，使者能實現人們理應無法實現的願望，就算有大批的委託找上門，也是理所當然，但步美的手機卻很少響起。因為很少有人能循線找上門。就算有電話打來，步美也常無法接聽，即便他自己回撥給對方，也常聯絡不上，說來也真不可思議。可能是時機不巧吧，對方也不會再重新打電話過來。

但也確實有人在他一定能接電話的時候打來。

當中能與死者見面的，大約一個月一次，最多也不過三次左右。當中也有一整個月都沒人委託的情形。可能是因為和死者見面最好還在滿月之日，所以時常在滿月的晚上，一次就安排了一場或兩場的會面。

他從高中生變成大學生，後來又成了社會人士，但這項工作還是一樣沒變。

正因為這樣，不論是高齡的祖母，還是學生時代的步美，都能勝任使者的工作，不覺得有負擔。

但為了一個月僅只一兩次的委託，而沒其他正職，完全接受秋山家的照顧，這令步美感到排斥。

如果是時常得待在公司裡，而且都得坐在座位上的工作，他或許做不來，但是聽大學的學長們說，設計和企劃算是時間比較不受公司拘束的工作。雖然步美會請秋山家支援使者的工作，但為了能夠自立，他選擇了上班族和使者兩種身分並存的道路。

原本使者的工作就沒有報酬，有點像是志工的性質，所以嚴格來說，這根本不算是「工作」。

電話另一頭的委託人，家住新潟縣，原本是位教師。

可能是已退休多年，對方說起話來口齒不清，聽得一頭霧水，但基本上用字遣詞相當文雅。據說是地方上一所公立高中的校長。

為了詢問委託的詳細內容，正準備選定見面場所時，男子突然提議道『可以選在東京嗎』。

『你知道上野的戰國資料博物館裡頭有一座圖書館嗎？』

對方可能是聽了聲音之後，發現步美還很年輕吧。直接用「你」來稱呼，也很有教師的作風，步美忍不住覺得自己像是在和小學時代的校長接洽。

「不，很抱歉，我不知道有這麼一個地方。不過調查一下應該就會知道，那我們就約在那裡見面是嗎？」

『它對面有家咖啡廳，店裡的餡蜜[3]很好吃，咖啡也很有水準，那就挑那裡吧。我請客。』

可能是對方性格的緣故，感覺與電話另一頭的距離感一下子拉近許多。步美雖然面露苦笑，但還是應道「謝謝您」，接受對方的提議。

掛上電話後，才過了不到十分鐘，太陽便已升上高空，光線變得更加白亮。天氣真好。步美舉起雙臂，伸了個大大的懶腰。

他重振精神，邁步前行，朝工房走近，這時他發現與先前森林給人的氣氛不一樣，剛裁切的原木氣味濃厚。

線鋸的鋸木聲、以木槌敲打的咚咚聲。他朝充當作業場地的木屋裡探頭，喊了聲「午安」，師傅馬上從敞開的車庫探出頭來，大聲喊道「哦，是澀谷老弟啊」。他曾經和步美的父親共事過。

「哎呀，澀谷老弟？你來啦？」

步美委託他們做樣品的這家雞野工房，同樣也是家族經營的小工房。這對年近六旬的工匠夫婦，步美都以親近的口吻分別稱呼他們「師傅」、「老闆娘」。員工就只有他們的女兒，負責處理工房的相關事務。

3. 一道日式甜品。

身上繫著工作用的厚實圍裙，頭上纏著三角巾的老闆娘，特別停下手中工作，以圍裙擦手，急忙出來迎接。

「哎呀，真是糟糕。澀谷老弟，你這麼早就來啦？真是不好意思，沒能先幫你備好熱茶。呃，奈緒，奈緒！」

「啊，不用啦。老闆娘，真的不用招呼我。」

老闆娘叫喚女兒的名字，步美急忙朝她搖頭阻止。

與步美的父親有多年交情的這對夫婦，就像當步美是親戚的孩子般，每次他來都會熱情款待。師傅先回到工房內，很快便又走出，他朝步美身後窺望。

「咦，今天不是開車來啊？我們做了幾種不同樣式的樣品，你自己搬回去的話會有點重哦。」

「哦，因為今天社長要用車……」

步美如此應道，低頭向師傅行了一禮致謝道：「謝謝您。」

「您做了多種不同的樣式嗎？哇，真想快點開開眼界。」

這時，從師傅身後傳來一個聲音。

「爸，我要進來嘍。」

從工房裡頭的門口探出一隻纖細的手臂，師傅的女兒奈緒，身上套著紅格子圍裙，從門內探頭。

她朝步美嫣然一笑，說道：「歡迎啊，澀谷先生。」

她有一雙明亮的大眼。第一次見到她時的印象，覺得她是個站姿挺拔的美女。和身為工匠的父親一起認真工作，對客戶總是很貼心的奈緒，堪稱是雞野工房的店內西施。也有其他往來的客戶這麼說。

她長步美三歲，但在稱呼年紀比他小的步美時，總不忘加上「先生」，很有禮貌，這方面也顯現她過人的人品。

「妳好。」步美向她點頭致意，奈緒苦笑道：「真是不好意思。」

「我們總是全家出動迎接你。覺得很吵對吧？」

「什麼嘛。一點都不吵對吧？不過澀谷老弟，你沒開車來，真的是失策。別人送我們許多蔬菜，正打算要你帶回去呢。」

聽女兒那麼說，師傅噘起了嘴，一旁的步美則是很開心。

「那我就不客氣了！我會想辦法扛回去的。總是這麼受你們關照，謝謝。」

道完謝，他朝工房走去。

他擔任室內設計師的父親做的椅子，現在工房還留有一張。「我們一直都會用，所以有點髒，真是不好意思。」老闆娘讓他看那張椅子，弧線處帶有圓潤感，椅背上留有一些在這裡工作所造成的細微刮痕以及日曬留下的痕跡。

步美看了，覺得很幸福。他明白這張椅子很受鍾愛，而且使用多年。奈緒還告訴他，有時用來擺放東西也很方便。

他走進工房。

父親的椅子在窗外陽光的照射下，今天同樣擺在工房的正中央。步美看了，心裡說不出的歡喜。

每次來到這個工房，就能看到這張椅子。如果說這種感覺就像間接和父親見面，也許略嫌誇張，但步美真的很喜歡這間工房。

2

在知道上野的戰國資料博物館有圖書館和咖啡廳之前，步美甚至不知道有這麼一棟建築存在。

在星期天傍晚前往委託人指定的場所後，沒想到博物館內還不時可看到親子或是成群的孩童。除此之外，以上了年紀的男性居多。孩子們似乎是到附設的圖書館來，不過委託人指定的那家咖啡廳裡，也有不少老年人專注地看著厚厚一疊資料。他們呈現的氣氛，與其說是跟朋友或家人一起來這裡放鬆，還不如說是獨自在這裡探究些什麼。

在咖啡廳挑空的開放空間裡，他看到了那個人。

混在稀稀落落的客人中，就只有一個人緊盯著步美走進的出入口，一副早已等候多時的姿態。看他那樣子，步美馬上明白就是他了。

「您是鮫川先……」

「不好意思，您是使者派來的人嗎？」

步美本想問一句「您是鮫川先生嗎」，但對方搶先一步打斷他的話。步美感覺一開始就碰了一鼻子灰，覺得很傻眼，但還是應了聲「是」。

使者派來的人，這種說法感覺有點累贅，但他還是先點頭，接著才出言糾正。

「與其說是派來的，不如說我就是使者。您在電話中提出的委託，接下來由我受理。」

「是嗎？那就請多指教了。」

感覺是位頑固的老先生，這是步美對他的第一印象。

厚厚的眼鏡、帶有大理石裝飾的保羅領帶、規矩地扣好最上面一顆鈕釦的襯衫，一身裝扮中規中矩，但衣服略顯老舊，襯衫下襬紮進長褲內，顯得一板一眼。

就像電話中所聽聞的，十足的退休校長風格。

「可以容我問您幾個問題嗎？關於會面的事，我方有幾項規則要向您說明……」

「可以啊。不過，請先等一下。我之前跟你說好的。」

「咦？」

「我跟你說好的，要請你在這裡吃餡蜜、喝咖啡。」

「啊。」

步美肚子並不餓，而且和第一次見面的人一起吃甜點也有點怪……所以他一時間感到猶豫，但這時鮫川已站起身，到櫃台點餐去了。他從口袋裡掏出一個看起來已使用多年的錢包，上頭吊著一個在箱根的禮品店常看到的寄木細工[4]製的菱形鑰匙圈，不住搖晃。他看起來似乎已七十多歲。一雙腿又瘦又細，感覺長褲顯得很寬鬆，但他站姿挺直，顯得精神矍鑠。

鮫川很快便點完餐，一手拿著發票返回，對步美說了一聲「讓你久等了」，再度坐向他對面。

「我也點了自己的份。那麼，今天就有勞您了。我先告訴您，我想見的人叫什麼名字。」

「啊，請您先等一下。」

好個老是打亂別人步調的委託人。

步美心想，再這樣下去，會被他的步調拖著走，於是他打斷老先生的話，鮫川老先生為之一愣，望著步美。步美有點語無倫次地說道：

「首先，可以讓我說明一下使者的規則嗎？我有義務向您傳達。」

「哦，這樣啊。」

鮫川重新坐正。

「好，您請說吧。」

為什麼這次和平時不一樣呢？步美思索這個問題，馬上便想出了原因。

步美接觸的委託人，大部分都是帶著困惑來到使者面前。和死者見面這種事真的能實現嗎？我該不會受騙上當吧？一般人都是懷著這種半信半疑的心情，抱持一線希望，來到步美面前。因此步美總是會耐性十足地按照一開始的步驟，向這些人說明使者是怎麼一回事。

不是採恐山巫女的通靈術那種形式，而是死者會以生前的模樣現身，而且不論是對死者還是對活人來說，就只有一次見面的機會，一旦和某人見過面，就再也沒機會與其他人見面。步美會貼近委託人心中的困惑和猶豫，花時間解說規則，直到他們理解為止。

——然而。

鮫川老先生聆聽步美說明時，雖然會在一旁附和「嗯嗯」、「原來如此」，但幾乎沒提問或是發表意見。由於過程太過平順，途中步美反而擔心起來，懷疑他是否真的聽懂。

「死者會以生前的模樣現身，甚至還能伸手碰觸。會面的時間只有一個晚上。原則上哪一天都行，但還是建議挑選滿月之夜。有月亮的話，那天才會有較長的會面時間。」

「可以。」

鮫川架式十足地點了點頭。

「就選您說的那天吧。那麼，可以換我說了嗎？」

「那麼……好，請說。」

鮫川非但沒懷疑與死者會面的事，甚至一直有話想說，一副憋不住的模樣，最後他終於按捺不住，自己說了出來。

4. 木片拼花工藝品，是日本箱根特產的一種傳統工藝品。

「您看起來很年輕。」他望著步美。「不知道是否聽過上川岳滿這個名字？岳滿這名字，也有人念成たけみつ[5]。」

「不好意思，我沒聽過。」

「是嗎。不過這也難怪。您是東京人嗎？」

「是的。」

「這樣啊。」

步美本以為他這是在責怪他沒聽過這名字，但不知為何，鮫川滿意地點了點頭後，道出箇中緣由：「他是我故鄉的一位名士。」

「說到新潟縣，在戰國時代的那位名氣響亮的武將背後，有許多不為人知的人物，而上川氏在當中算是位階較低的人物。與其說他與那些偉大的武將們一起參與政治，不如說他像是在農民們居住的村莊裡擔任統領的角色。」

「呃，是像童話故事裡提到的庄屋[6]嗎？」

「庄屋！」

步美並沒有要舉負面形象的人物為例的意思，但鮫川此刻看步美的眼神，就像是在看什麼難以置信的事物般。鮫川似乎不是為了挖苦他才擺出這種表情，只見他聳著肩，一副吃驚的模樣。

「庄屋是江戶時代才有的一種制度，是地方三役[7]的最高位階者。嗯，說得也對。以上川家的家譜來看，邁入江戶時代後，上川家就成了庄屋，所以這樣說也沒錯，不過在上川岳滿的時代並不是這樣。至少在當時還沒叫他庄屋。」

「哦，這樣啊。」

看來，還是別亂插嘴比較好。鮫川清咳一聲，那模樣就像在說「沒事打什麼岔」，他再度重新坐正。

「上川岳滿生在戰國時代。而統治他周邊土地的，是那位武將。與鄰近諸國不斷交戰。」

打從剛才起便不時出現在話題裡的「那位武將」到底是誰呢？步美心裡想著這個問題，但他覺得，這時候要是提問，又會打斷對方的話，所以無法詢問。他隱約覺得，如果在腦中回想歷史課上學過的內容以及日本地圖，似乎就能找到一些線索，但想到自己萬一又弄錯的話可就麻煩了，於是他一直不敢隨意開口。

這時，鮫川似乎已看穿步美的心思，向他問道：

「看您都沒提問，表示您知道我說的『那位武將』是誰，我可以這樣看嗎？」

「咦！不，我……」

步美頓時說不出話來，鮫川全瞧在眼裡。他深吸一口氣，仰頭望向天花板說道：

「真是的！」

5. 岳滿原本是念作がくまん。
6. 江戶時代的村長。地方三役中地位最高者。
7. 掌管村內民政事務的三個職務，分別是庄屋（名主）、組頭、百姓代。

「在戰國時代，說到新潟縣，當然就是上杉謙信啊。」

「啊，說得也是……」

鮫川誇張地聳了聳肩膀說道：「你也真是的。」

「如果不知道，就坦白說無妨，但你什麼都不說，這樣不行。像這種時候就該發問。」

「鮫川先生，您說您是學校的老師，是歷史老師嗎？」

「不，是國文老師。」

鮫川很明確地說道。

「這種程度的知識，對當地人來說算是常識。我的專長是古典文學。」

「哦，原來如此……」

到底在認同什麼，連步美自己也不知道，但他還是這樣附和，正巧這時送來了餡蜜和咖啡。看到那裝著滿滿冰淇淋的大盤子，他大吃一驚。不確定能否吃得完的冰淇淋餡蜜，在步美和鮫川面前各放了一盤。

「一起吃吧。」

鮫川如此說道，拿起湯匙。步美一臉猶豫地朝餡蜜伸手，相反地，鮫川則是俐落地動著湯匙。他的吃法就像在舔蜜一樣，不斷發出聲響。他似乎很愛吃甜食。

「在戰國時代，有不少村莊是由農民們來治理，也有像上川岳滿這種地位不高的領主。在上杉謙信血氣方剛、總是四處征戰的那個時期，武士是武士，農民是農民，這種壁壘分明的分界正逐漸鬆動。不論是哪個地方，村裡有一兩個人在戰場上立功，是很常見的事。」

「是。」

「上川岳滿的過人之處……」

鮫川以湯匙撈起滿滿的寒天送入口中，一口嚥下。接著說道：

「就是他沒讓半個村裡的農民上戰場。當時戰事已愈來愈白熱化，與武田信玄一再展開川中島之戰時，其他村莊都派許多農民前去參戰，但上川氏的領土卻沒半個人前赴戰場。聽說即使上頭下令，連農民也要參戰，但他還是回絕道『我們村裡無人可派』。」

「哦。」

步美發出這聲讚嘆，但可能鮫川對他這樣的反應感到不滿吧，向他問道：「你真的明白這是怎麼回事嗎？」

「這件事說來簡單，但一點都不簡單。就像以下克上這句話廣為人知一樣，當時是講究揚名立功的時代，可藉此超越自己生來擁有的身分。在人們認為農民永遠都是農民的環境下，如果能在戰場上立功，就能獲得獎賞，甚至能獲賜武士身分。隔壁村有人就是像這樣立功，如果是繼承家業的長男就另當別論，但要是前途黯淡的次男或三男，要抵抗這樣的誘惑，不上戰場，需要相當的勇氣。村中當然會有反對的聲音，但上川氏還是不讓周遭人上戰場，說起來，他算是守護了村民的性命。」

「哦。」

「真的很不簡單。」

鮫川老先生朝連同餡蜜一起送來的咖啡加上奶油球和砂糖，啜飲起來，並接著道：

「就當時來看，應該有人會說他是背叛者。但是就結果來看，他為村民們帶來了和戰爭無關的人生。因為這個緣故，一直到最近，後人改以歷史的角度對上川氏英明的決定給予很高的評價。」

鮫川擱下湯匙，正面望向步美。

「我對這位上川岳滿很感興趣。」

「嗯。」

「從小，我的祖父母便常跟我說，統管這一帶的上川先生真的是個很了不起的人，後來我擔任教師，只要一有機會，就會前往與他有淵源的歷史遺跡，閱讀鄉土史，展開上川岳滿的個人研究。」

聽到這裡，步美終於明白。就委託來說，這是前所未有的模式。他向鮫川詢問：

「……也就是說，您想委託會面的對象，是這位上川岳滿先生是嗎？一位歷史人物？」

「沒錯。」

雖然他一直都採很禮貌的口吻，但總是像老師般，一會兒出言指導，一會兒擺出外表恭敬、內心傲慢的態度。此時鮫川展現出他今天最大的敬意，向步美低頭行了一禮說道：「望您鼎力相助。」

3

與死者相會的委託，大多會指名生前與自己有往來的人。例如家人、摯友、恩師、情人……

指定素未謀面的人，就只有步美剛開始展開使者見習時，有個人曾提出要見自己偶像的要求。除此之外，就沒印象有類似的情形。

在約見面的場所看到鮫川時，步美滿心以為他大概是想委託和自己死別的妻子見面。第一次遇上這種案例，步美一時為之無言。

過了半晌他才開口問道：

「我明白了。不過，還不能確定上川先生願不願意見您。呃，請問他過世的時間是……」

「天正十五年。剛好是豐臣秀吉的聚樂第[8]完工的那一年。一直到死前，上川氏都很用心地治理村莊。聽說他沒有子嗣，家業也轉交給弟弟們繼承，過著儉樸的晚年生活。」

步美聽得都快走神了。

8. 聚樂第是安土桃山時代末期，豐臣秀吉於京都內野興建的城郭兼宅邸。

說到天正十五年，到底是多遙遠的年代，步美完全沒概念。鮫川可能是感覺到他的困惑，繼續展開說明。

「天正十五年，換算成西元，是一五八七年。文獻記載，他是九月七日過世。」

「……四百多年前是嗎。」

「是的。」

鮫川點了點頭，突然向步美問道：「您第一次接受這種委託嗎？」

本以為他是覺得「會不會處理起來有難度呢」，才這樣詢問，但他嘴巴上那樣說，表情卻顯得很快樂。

「大概也只有我會提出這樣的委託吧。」

鮫川趨身向前如此說道，這時，他掛在脖子下的保羅領帶大動作搖晃。

步美應了聲「是」，對他的熱情感到怯縮。在這處咖啡廳的開放空間裡，他同時也很在意周遭人的目光。步美正準備環視四周時，鮫川就像不讓他轉移注意似的，又再說道：

「想見歷史人物的委託，就算有人想到要這麼做，恐怕也只是一時興起所開的玩笑。沒人是真的抱持這樣的願望。但我不一樣。」

厚厚的眼鏡，外加帶有絞染圖案的麻質襯衫。明明現在還是春天，但他卻頻頻用手帕擦拭額頭冒出的汗水，拿手帕的手指可能是因為興奮，顯得特別用力。

儘管受他的氣勢所壓迫，但步美此刻卻有一種「這也難怪」的感受。

步美自然也有他的想法。能和死者見面，這表示也能和無法活在同一個時代的古人見面。這自然最有可能發生在歷史人物身上。如果能和歷史上的某人見面的話……會想到這種可能性的人應該也不少。

步美也有許多崇拜的偉人和明星，但是否能將這僅只一次的機會用在自己的興趣上，這又另當別論了。為了一個素未謀面的外人，而費心盡力地找尋使者，應該沒有這種人存在。

但鮫川憑藉著這股熱情找尋使者，最後成功找上門。

眼中散發光亮的鮫川，以正經的口吻問道：

「我看您還很年輕，您遇過提出這種要求的人嗎？」

「就我所知是沒有。或許就像您所說的，大家就算這麼想，也不太會實際付諸行動吧。」

這次的委託是在「緣分」下牽成的，讓人覺得很不可思議。鮫川點頭應了聲「嗯」，突然擺出覺得很無趣的表情。

「沒有這樣的傻瓜是吧。真沒意思，原本還想聽聽看會是怎樣的情形呢。」

「怎麼說是傻瓜呢……您自己不也是希望能和歷史人物見面嗎？」

「不，我不一樣。因為我可是作好心理準備才來的。我所說的傻瓜，是既沒準備，也沒抱持任何覺悟，就很隨便地想和幾百年前的古人見面的那種人。就只是因為喜歡，而跑來說我想見紫式部[9]，想見織田信長，像這種人就是傻瓜。」

步美心想，就算這些人想見，對方也不會同意吧。

他們那個時代不知道有沒有使者，就算有，也不知道是站在怎樣的立場。不過，如果是那麼出名的歷史人物，很可能已經和人見過面了。話說回來，就算是歷史人物，死後想見的對象，應該也是家人、愛人，或是與他關係密切的人吧。粉絲想超越時空一睹尊容，怎麼想也覺得不太可能。

但這時鮫川說道：

「就算真的見了面，我大概也會後悔。因為用語差太多了，感覺就像和外國人見面一樣。」

步美大吃一驚。

他這才想到這件事，真是太迷糊了。

他同時想到，鮫川說他的專長是古典文學。在學校學的古典文學，確實是來自「國文課」。那是數百年前的「日語」，說法與現在截然不同。

「雖然同樣是日本這國家的語言，但歷經數百年之久，語言起了改變。現在就連在連續劇和漫畫上頭，也都會出現各種時代的日本場景，當中的登場人物說的全是現代日語，所以人們以為，就算真的遇上古人，也能馬上展開對話，但其實這根本就是現代人的自以為是。」

「……嗯。」

步美有種挨罵的感覺。他從沒想過這種事。鮫川可能是見步美恭順地點頭，感到滿意，他補上一句「舉個例子吧」，接著往下說。

「《百人一首》是流傳已久的歌集，我們也都很熟悉，但其實音調和發音與當時完全不同。有研究學者用那個時代的發音來吟誦百人一首，聽了之後覺得很有意思。」

「怎樣個有意思法？我認為錄音帶上朗讀的音調已經算是日常生活中聽不到的特殊念法了。」

「該怎麼說呢……完全不一樣。倒也不是聽不懂，但聽起來感覺像在搞笑。」

「哦。」

有這麼回事啊。步美覺得感佩，但同時心中也出現疑問。

「為什麼會知道當時是採怎樣的發音？明明就沒人聽過啊。」

「這個啊……如果一一跟你說明，那會沒完沒了，這是學者們一再研究的結果。」

步美只是認為，古時候沒有錄音的方法，當然更沒有人從那個時代一直存活至今，所以他只是覺得很不可思議，而隨口詢問，但鮫川可能是覺得他在找碴，一臉不悅地回應。

「總之，」他說。「我想見的人，是從前在我故鄉擔任過地方首領的上川岳滿。農民們在他的英明決斷下，得以在自己的土地上保住性命，而我是那些農民的子孫，當初要是他讓農民們上戰場，我可能就不在這世上了。」

9. 《源氏物語》的作者。

「您想針對這件事向他道謝嗎？」

「這也是原因之一。不過，最主要的原因，是我乃上川岳滿的研究者。」

鮫川很驕傲地說道。

「打小，我的祖父母和父母都拿上川岳滿的英勇事蹟當搖籃曲說給我聽，所以沒人拜託我，我便自行從小研究起他的事蹟。而我也因為上川氏的事蹟，而與當地的大學教授以對等的身分上台演講，在鄉土資料館擔任導覽員。」

「是。」

「不過，儘管我投注一生的心力研究上川氏，但還是有兩個謎，怎麼也解不開。」

「謎？」

「對。」

鮫川頷首。眼中再度散發熱意。

「一是人們口耳相傳，上川氏不讓農民上戰場的英明決斷背後潛藏的謎。當時他不惜忤逆大領主上杉家，也不讓農民上戰場，若以現今的和平主義觀點來看，確實英明，但這在當時是很愚蠢的行徑。免不了膽小鬼和叛徒的罵名。」

「是。」

「但他為什麼認為這樣做是對的？上川氏的這項決定，未免太新穎、太現代了。為何當時他能作出這樣的判斷，會想作這樣的判斷，多年來，這一直是存在於研究者之間的謎。應該有什麼在背後促成他作出這樣的決定，這是大家一直在探究的問題。」

「是。」

「另一個謎，則是他所遺留的和歌。」

「和歌？」

「有幾首認定是他傳下來的和歌。當中有一首是……」

——悲戚吾身　誠心祝禱　願汝不為愛煩憂

看來，他說這是自己投注一生的研究，似乎所言不假。

高聲朗讀的鮫川，那喉嚨震動的模樣，腰板又直又挺，令步美看得入迷。鮫川並不是看著記事本或小抄朗讀，他已將和歌默背下來。

「如何？雖然這首和歌寫得不怎麼樣，卻是上川氏所遺留。」

「啊，這首和歌寫得不怎麼樣嗎？」

像步美這樣的人，對於這種像是古典文學課會上的文章，毫不懷疑便認為是漂亮的日語，所以根本不懂評鑑和歌的好壞。鮫川沒和他目光交會，直接回了一句「寫得不好」。

「上杉謙信是位精通和歌的人，因此家臣們也都學和歌，也有不少人和京都的貴族階級往來密切。岳滿也是在上杉的統領下生活，應該自幼便常接觸和歌才對，但他寫的和歌，應該說是帶有濃濃的一股平安調的浪漫，感覺不合時代。」

「……是這樣嗎？」

在戰國時代卻受平安時代的影響，被說是不合時代也無可厚非，看在了解當時情勢的人眼裡，或許的確如此。鮫川接著道：

「這被視為是一首戀歌。也有人認為是以上杉謙信回想自己少年時代的戀情所吟詠的那首『吾心虔誠　向神祝禱　願此世無苦無難』為本歌所延伸出的創作。」

和歌的世界有一套「本歌取」的文化，是引用既有和歌的一部分，讓人聯想起那首和歌，以此增加其深度，關於這點，步美在學校的古文課學過，還算有基本的了解。

鮫川接著說明。

「岳滿的和歌要表達的意思是，雖然我為愛心焦，但唯獨妳，我希望妳能過得自在，不必像我這樣受苦。而相反地，整天渾噩度日的我，實在可悲。他將謙信在本歌中濃厚的虔誠心轉淡，取而代之的，是加進岳滿人性的一面。」

「是。」

鮫川以認真的眼神望向步美。

「不過，這裡頭藏著一個謎。在上川岳滿的人生中，並沒有符合這種形象的女性存在。」

「他可有娶妻……」

「他有妻子，但我認為他的妻子不會讓他如此熱情地吟詠戀歌。」

鮫川很篤定地猛搖頭。

「上川氏是一位名君，但他沒有子嗣。也有人說他或許有其他情人，或者這是在吟詠他與主君、老師、侍從之間的關係，但我都覺得不對。」

「其他研究者可有提出什麼意見？」

步美對這方面不太清楚，不過，應該有不少人像鮫川這樣對鄉土史投注熱情吧。從鮫川老先生的說話口吻來看，研究上川岳滿的人，似乎不只他一人。

鮫川轉為極度排斥又痛苦的表情。

「有人說，對象應該就是他的妻子。雖然可能與吟詠時的心情不太一樣，但應該是回想當初與妻子邂逅時的情景，而如此吟詠吧。時光流逝，某天突然想起往日情懷，就像這樣。」

「如果是這樣……」

「可是，我的解釋和大家不一樣。上川岳滿吟詠的這份情感，似乎不是對女性。這是沒有特定對象的一首歌。」

步美再度被他的氣勢震懾，沉默不語。鮫川接著道：

「在上川氏遺留的書籍中，還有幾首他親筆寫的和歌，當中唯獨就只有這首戀歌。這麼一來，如果說他只有在這時候吟詠如此熱情的戀歌，那也說不通。這是寫給誰的歌呢？這時候的他應該沒有這樣的對象才對啊。當我這麼想的時候，突然靈光一閃，發現這是借用戀情之名，其實是在關懷『人民』和『村莊』，為此吟詠的一首和歌。」

「關懷『人民』和『村莊』？」

「沒錯。歌中所吟詠的內容，是上川氏關懷村民，儘管心中苦惱，卻不想讓村民看出他心裡的痛苦，這就是確切的證據。就連這位世所罕見的領主，也無法完全照自己的意思行動，其實他內心嚴重地糾葛，這首和歌不就是證據嗎？坦白說，當我得到這個想法時，有種被雷劈中的感覺。」

「哦。」

其實步美不太能認同，但鮫川的口吻無比堅定，比剛才還要興奮。步美不想挨罵，因而忍不住在一旁附和。

「也就是說，這不是戀情。」

「沒錯。」

鮫川點頭。

「我想向上川岳滿問個清楚，我的這項說法究竟是對是錯。如果能直接詢問的話，我死而無憾，我今天就是抱持這樣的覺悟前來。」

鮫川再度正面望向步美，表情顯得更加正經。

「如果能成功見到他的話，我打算將自己過去的研究成果全部告訴他，我想抱持這樣的覺悟來面對他。至於那個時代的日語，我會重新學習，讓自己能夠和他溝通。一切就有勞您了。」

步美盤裡的餡蜜連三分之一都還沒吃完，鮫川已吃完自己的份。感覺他的吃相不太好，但放回盤裡的湯匙，不知何時，前端已重新用紙巾包好。

「我明白了。」步美頷首。

鮫川臉上散發光輝。

「不過……」步美補上一句。

「因為這是要求見古人的委託，我不知道上川先生會不會同意，也可能他已和其他人見過面了……」

「哎呀，感謝，太感謝了。您真的太棒了。」

步美話還沒說完，鮫川已天真地如此說道。他在步美面前雙手合十，做出鞠躬道謝的動作，步美急忙揮著手說道：「請、請別這樣。」

雙方針對交涉後告知結果，以及其他和委託有關的事進行確認後，就此在戰國資料博物館前告別。鮫川說他今晚要搭新幹線返回新潟，步美目送他離去，微微吁了口氣。

經這麼一提才想到，他完全沒擔心費用的事呢。

這是步美從事使者的工作至今，委託人一定都會問到的事。例如說，這項委託不用付費嗎？或者是，我能以什麼當謝禮嗎？

但鮫川既沒表現出懷疑使者的樣子，也沒想到謝禮的事。與其說他是出於小氣才這樣，倒不如說，只要步美開口，他就會付錢，但他也認為免付費是理所當然的事。

雖然看起來不像是壞人，但真是個古怪的老先生，步美望著他離去的背影，心中如此暗忖。

4

與鮫川老先生道別的當天，步美到秋山家拜訪杏奈。

祖母留給他的使者工作，多年來原本都是由秋山家負責，所以他在接受委託時，必須一一向本家報告。因為安排飯店充當會面地點，也必須由秋山家負責張羅。

年僅八歲就已成為秋山家現任當家的杏奈，在步美前來拜訪時，她正躺在大宅邸裡的某個房間看電視。是這個年紀的孩子特別喜歡的超級戰隊英雄片，應該是ＤＶＤ吧。

杏奈發現步美走進，馬上關掉電視，坐起身。

「你回來啦，步美。」

「我回來了。」

搬離之前跟祖母、叔叔、嬸嬸一起同住的房子後，現在步美獨自住在公司附近。不過，叔叔家還有秋山家都不會將前來探望的步美當客人看待。當然了，步美很感謝有個會對他說「你回來啦」的地方，他也都順從他們的這番好意。

秋山本家現今是杏奈與父母三人同住。之前大舅公，以及舅公的長男，也就是杏奈的祖父們也一起同住，但是杏奈的祖父在大舅公指名杏奈為接班人時，他說了一句「我終於卸下肩上的重擔了」，就此辭去占卜的工作，如今在熱海買了一棟新房，享受退休生活。

聽說杏奈的父母今天兩人一同出差。步美問「妳沒一起去嗎」，杏奈白了他一眼。

「我要上學。」她冷冷地應道。

「我和我爸媽他們不一樣，我還得上學。因為我還在接受國民義務教育呢。」

「啊，對哦。」

儘管如此，還是有辦法向學校請假，跟父母一塊去，沒想到杏奈這麼正經八百。

杏奈與同年紀的孩子相比，顯得無比成熟、俐落。因為她是秋山舅公的曾孫女，所以這也是理所當然，不過坦白說，就連步美也常說不過她，被她的氣勢所震懾。

每次遇上杏奈，步美總會心想，這孩子其實是第二次經歷人生吧。感覺就像是有某個經歷過完整人生的人在她的體內。那個人就像是舅公或步美的祖母愛子。

在父母出差這段期間，擁有氣派的日本庭園的秋山家，因為有許多家政婦和管家之類的傭人，所以杏奈都是由他們照料。步美一就座，家政婦馬上端來溫熱的日本茶。

杏奈說了一聲「謝謝」，大大方方地伸手接過，威儀十足。不過，擺在步美面前的是日本茶和日式糕點，但擺在杏奈面前的卻是插著吸管的可樂。

「這次的委託人怎樣啊？」

「這個嘛……」

步美大致說明鮫川老先生的情況，杏奈聽了之後，眼睛為之一亮。她聽得津津有味，還發出「哦～」的感嘆聲。她難得會有這種反應。

「雖然不清楚對方願不願意見面，但我還是試著交涉看看。不過，也很有可能已經有人見過上川先生了。」

「如果是這種情況會怎樣？還是能展開交涉嗎？」

「不。像這種情況，鏡子不會發亮。」

與死者交涉，會使用祖母留給他的一面鏡子。在月光下抬起手，就像要讓光線粒子集中在鏡子上一樣，與現身的死者進行交涉。

步美還沒遇過死者已和人見過面的情形，不過聽祖母說，這種情況下鏡子不會發亮，無法交涉。到時候會直接轉告委託人。

「嗯～」

杏奈直接單手托腮，吸著可樂。

「我倒是很希望能讓鮫川先生和死者見面呢。能和自己長期研究的人見面，感覺就像和自己崇拜的人見面一樣。」

「也是啦。」

步美不認為杏奈在學校已學過戰國時代，而且也不知道她對歷史的知識到什麼程度。不過，杏奈沒理會步美的擔心，自顧自地接著說：「不過，希望他可別感到失望才好。」

「雖然他說，如果能見到面，就死而無憾了，但歷史流傳的人物形象，與本人當然會有落差，而且那位大叔也有自己心中的形象，所以要是完全不像他想像的那樣，希望他可別失望。」

「他應該是已作好這樣的覺悟，才說他想見對方吧。既然他說自己是研究者，應該也會有這樣的了解才對。」

步美心想，杏奈竟然還知道「人物形象」這種說法，真不簡單，無比感佩地回答道。

話雖如此，他也很明白杏奈的擔憂。鮫川老先生看起來確實也很自以為是。光從他對和歌的解釋來看，就覺得是以他個人想像的成分居多。

「不過步美，你打算怎麼辦？」

「什麼怎麼辦？」

「說話用語。」

杏奈如此詢問，同時指著步美面前的日式糕點問「你不吃嗎」。步美才剛和鮫川吃過餡蜜，所以他搖頭說「我不吃沒關係」，將盤子推向杏奈。

杏奈接過盤子，大喊一聲「太好了」，雙手合十。

「交涉時，你也非得和上川先生溝通不可吧？對了，聽說以前曾經接受過一份委託，對方說要和自己養的狗見面。」

「狗？」

「是狗沒錯。那是我曾祖父還在當使者時的事。」

將練切[10]一口放進嘴裡嚼個不停的杏奈，食指抵著下巴，一副像是在回想什麼的神情。

「他問過對方理由，結果對方回了他一句『這需要理由嗎？』，於是他便承接了那份委託。那位委託人還說：『我說得沒錯吧，就只是想見一面，沒什麼理由，這種心情你懂吧。』然後又說：『要是有能讓動物說人話的選配功能，使者的能力不就更強大了嗎？』」

10. 一種日式和菓子。

「對方這番話也太強人所難了吧。」

就一般情況來說，這種會面就已經是無法實現的事，對方竟然還期望奇蹟發生。這種想法或許很胡來，但步美多少也能夠想像。他也認為這要是真能實現的話就好了。

「就是說啊。」

「那麼，那件委託案後來怎樣？」

「很遺憾，好像沒能實現。能見面的對象，好像只有人才可以，聽說當時鏡子也沒發亮。」

仍嚼個不停的杏奈如此說道，並反問一句：「那麼步美，你打算怎麼做。」

「如果有這麼棒的功能，那還另當別論，但這次的委託該怎麼說呢。如果古代的用語和現在不一樣，你能溝通嗎？交涉時，要是不會說上川先生那時代的用語，那不是很傷腦筋嗎？」

「哦，這倒是沒問題。」

雖然不是自己的功勞，但步美很有自信地搖了搖頭。杏奈停止吃糕點，露出詫異的神情，步美從包包裡取出一封信遞給她。杏奈看了上面寫的收件者後，臉上這才浮現恍然大悟之色。

「原來如此，用寫信的方式是吧。」

筆力蒼勁地寫著「上川岳滿大人」的那封信，是在今天離去時，鮫川老先生所賜。他說，請在交涉時讓對方看這封信。

步美也沒拆封過，不知道裡頭寫了些什麼。這封信並非是信紙和信封所構成，而是在大河劇[11]裡常看到的那種將和紙連在一起，折成波浪狀的書信，有相當的厚度。

「我看看。」

杏奈如此說道，和步美一樣，沒打開書信，就只是靜靜查看書信表面。她說了一聲「謝謝」，將書信還給步美後說道「他真的很熱中呢」。步美覺得自己可能是多心了，感覺杏奈拿信時相當恭敬，就像在致敬似的。

「要是他們能見到面就好了。」

「嗯。」

聽杏奈這麼說，步美也點頭表示同意。

在收起書信時，他目光停向包包裡那個目前正在經手的玩具樣品。

「啊，對了。」他對杏奈說。

「這次我負責企劃的玩具，有可能會做成商品。是烏龜造型，我不知道該用什麼顏色好，妳可以幫我看一下嗎？」

那藉由四隻腳的動作來行走，會發出聲響的烏龜，龜殼的部分請雞野工房做成紅、藍、黃三種顏色。

就在他準備拿出時，還沒看到實物的杏奈已回了一句「綠色」。

11. 日本NHK每年製作一檔的電視連續劇系列，於每星期日晚間八點播出，以日本歷史人物或時代為主題。

步美驚訝地抬起頭來。

這龜殼有紅、藍、黃三色，但就是沒綠色。正當他準備這樣說時，杏奈莞爾一笑。

「如果龜殼顏色不知道該用哪個好，就選綠色吧。」

「我沒做綠色啊。」

「那就做啊。用紅色或藍色這種和實際顏色不一樣的大眾色，感覺就是騙小孩子。」

杏奈以傲慢的口吻說道，從心裡暗自咒罵的步美手中接過那個烏龜玩具。

「啊，挺可愛的嘛。」杏奈逗弄烏龜的腳，露出孩子般的天真笑容。

5

數天後，順利完成交涉的步美，趁著工作的空檔打電話給鮫川老先生。

對方可能是一直在等他聯絡吧。雖然正值用餐時間，但電話才響一聲，鮫川本人就接起電話。

感覺電話另一頭的鮫川一知道是步美打來，便馬上端正坐好。他以略微緊張的聲音問道：『結果如何？』

「對方說他願意見面。」

此話一出，感覺鮫川倒抽一口氣。

雖然步美心想，能告訴他這件事真是太好了，但他還是很制式化地接著往下說。

「接下來要跟您商量見面時間……」

『我明白了。正好我現在在討論鄉土資料館的導覽員工作一週要幾次，真是太好了。對方問我，是否可以只排客人較多的星期六、日兩天，我們正在討論這件事……』

鮫川的喜悅和慌亂，似乎慢了半拍才出現，從電話的另一頭感受得到。

步美聽見準備便條紙的沙沙聲，接著鮫川說了一聲：『請問……』感覺他似乎憋著氣。

「什麼事？」

『上川岳滿先生看過我寫的信了嗎？』

「看過了。」

步美回答。

在微微匯聚在鏡子上的光線粒子中，出現一名像是上川岳滿的人，不知道是他哪個時期的模樣，是位清瘦的老翁。聽說他是戰國時代的領主，步美想像他應該是個外型粗獷的人，但他完全沒這種氣質，身上穿著顏色樸質的褐色傳統服裝。

與平時的交涉相比，這次步美顯得有點緊張。他先說一聲「您好」，然後以現代話慢慢跟他說明大致的情形。

他不知道杏奈說的使者選配功能是否真的存在。

不過，上川岳滿的雙眼筆直地注視著步美，令他很想閃躲。他似乎隱約明白步美的意思，不過這或許也是步美圖自己方便的解釋。
「這是對方託我轉交的書信。」步美遞出鮫川寫的信。
雖然一樣是在會面時以實體現身的死者，不過在交涉階段遞交物品給對方，這還是第一次。但上川氏接過那封信。
他默默地看完那封信，接著點頭。
他下巴往內收，望著步美的雙眼，緩緩點頭。
「您要和他見面是嗎？」
步美如此詢問，他再次點頭。從他口中傳來「嗯」的一聲。
鮫川一聽說對方看過他的信，在電話另一頭發出一聲沉吟。雖然不清楚那是怎樣的情感，但電話裡傳來「唔……」的一陣含糊的聲音，似乎相當感動。
步美握著手機，等候鮫川恢復平靜。過了一會兒，鮫川才說道：
『謝謝你。』
「哪裡。」
『謝謝、謝謝。』
同樣的話一再重複，一度還發出吸鼻涕的聲音。接著鮫川又恢復原本的態度，向步美問道：『那麼，該選哪兒好呢？』

6

鮫川幸平並不是個情感遲鈍的人。

此刻他正前往與使者約好的會面場所。

在新幹線的列車內，他站在廁所的鏡子前，緊按自己激動的胸口，調整保羅領帶。為了今天，他去理了髮，很仔細地梳理變得稀疏的白髮，重新戴好帽子。

當初從他擔任校長的高中退休時，用退休金訂製了一套準備穿一輩子的西裝，睽違許久，今天再度派上用場。

鮫川不是個情感遲鈍的人。

證據就是他發現今天可能會是他人生中最美好的一天。

他是個質樸、正經、穩重、專業的傻瓜。

打小他便認為周遭人對他說的話未必正確。他喜歡學問，但對於自己不感興趣的事物，他向來都不在乎。

因為喜愛，他看書、學習歷史、探究古籍，就此走上教職，之前這一路上都還好，但從這時候開始，他漸漸覺得日子過得很痛苦。

孩子們、孩子的父母、同事，都將鮫川當「怪人」看待。

人們將「鮫川老師」改為「鮫老」，背地裡這樣叫他，學生們甚至謠傳「鮫老沒結婚呢」，這他都知道。拿他單身這件事來談論，意思就像在說，一般人理應做的事，他就是和人不一樣。

他的父母過世，兄弟姊妹也結婚自立門戶，鮫川有親戚，卻沒家人。

他一直感覺到別人都盯著他瞧，當他是一個無法理解的人。

因為鮫川不是個情感遲鈍的人。

就只是因為他覺得沒必要，所以沒有家人，使得鮫川與周遭人逐漸拉開了距離。

「他是位好校長，就是有點怪。」人們常說的這句話背後，感覺就像在嘲笑他因喜歡而親近的鄉土歷史和書籍，在實際生活中完全派不上用場。為什麼你日子可以過得這麼快樂？周遭人有點傻眼，又有點擔心地對他這樣說過，所以他也覺得大家好像把他說得跟個寂寞老頭一樣。

但鮫川並不孤獨。

他反而認為自己是個快樂而自由的人。因此，不管周遭人怎麼說，他都不在乎。

他挖掘自己腳下的歷史後，得知有上川岳滿這號人物，從小他就像在聽英雄故事般，常聽聞上川的軼聞。

雖然不能在大學之類的場所持續展開專業的研究，但對於這位鄉土英雄的人生，再也沒人比熟悉這片土地的風情、語言、氣候的他，有更深的探究和理解了。尤其是退休後，上川氏那高風亮節的處世態度更是深深吸引了他。

當他腦中閃過一個念頭，認為那首和歌吟詠的不是戀愛時，他感覺這是命運的安排。

光是能發現這點就已經很幸福了，但鮫川接著還進一步得知使者的存在。

他竭盡所能地勤跑大市鎮的圖書館和資料館，查閱館內保存的資料，進而從某份文獻中得知使者的存在。

從那些描述活人與死者見面、不可思議的民間故事中，他發現了幾個共通點，之後他很熱中地探尋。

而實際遇見曾經委託使者的人，這也是命運的安排。那個人在四國一家小鄉土資料館裡幫忙，和他一樣是導覽志工。對方透過使者，確實見到自己過世的妹妹。當鮫川拿到對方告訴他的電話號碼時，他想見的人就只有一個。

對此，他一點都不覺得落寞。

抱持這樣的決心一路追查的人，就只有他一個，他對此頗感自豪。

下了新幹線，他轉乘電車，在品川車站下車。

他不喜歡擁擠的人群。年過八十後，說來也慚愧，之前步履輕盈，覺得去哪兒都沒問題的雙腳，現在已不太抬得動。明明身材清瘦，大腿卻如此沉重，爬幾階階梯就氣喘吁吁。

他深吸一口氣，重新調整心情。

約見面的地點是車站附近的飯店，大廳明亮絢爛，令人目眩。鮫川從沒在這種地方過夜。

但今天不同。

與使者確認過是在這家飯店與死者會面後，鮫川自己向飯店訂房。他在可以辦理住房登記的時間抵達，在櫃台登記名字時，字跡略顯凌亂。

這是因為今晚就能見到上川氏，心裡太興奮的緣故，但他不喜歡別人認為是他上了年紀的關係，所以他深吸一口氣，左手搭在右手上，來回撫摸。待右手停止顫抖後，才將各個該填寫的項目都寫上。

他請門僮將行李搬往房間，打算在約定的時間七點前，先在床上小躺一會兒。他閉上眼，祈求從新潟趕來的旅途疲憊能在晚上之前消除，但他當然睡不著，於是他再度換上外出服，六點時下樓前往他與使者約見面的一樓大廳。

半晌過後，那名擔任使者的青年現身。

他可能是在為會面做準備，當他走出電梯，看到鮫川已坐在大廳的椅子上時，露出吃驚的神情。

「您好。真不好意思，原來您已經到啦。」

「不，沒什麼。我想在這裡過夜，所以訂了房間。」

可能是像他這樣的委託人很罕見吧，擔任使者的青年瞪大眼睛。鮫川笑了。

「沒什麼啦，只是覺得機會難得，留個紀念。」

「……房間已經準備好了。您可以見到對方哦。」

青年如此說道。聽到他這句話，鮫川感覺體內熱血沸騰翻湧。

「這樣啊。」鮫川說。

會面時間是從現在到早上。

待朝陽升起，死者便會消失蹤影。

等結束後，便下來一樓，跟等候的青年使者說一聲。

聽完約定事項後，鮫川緩緩點頭，回了一句「我明白了」。

「我會特別小心，避免結束後一不小心直接回自己房間。」

「嗯，那就有勞您了。」

擔任使者的青年也為之莞爾。

為會面準備的房間，是比鮫川住的房間高兩層樓的十一樓。

使者遞交房門卡給他時，他想起之前他費了一番工夫才走進自己房間，心想，好在訂了房間，事先演練過一遍。

他和使者一起搭電梯來到十一樓。

「請慢走。」使者送他走出電梯。

他一面確認走廊上的房號，一面做深呼吸。真的面臨這一刻，果然還是會緊張。他緊握自己顫抖的手。

不知道能否順利和上川氏對話。

雖然事先做了些準備，但也許會太過興奮，而無法交談。因為已請上川氏看過信，所以真有什麼狀況時，就用筆談。為了因應這種情況，他準備了紙筆。他確認胸前口袋記事本的觸感。

來到那個房門前，他敲了兩下門。他知道有門鈴，但要是突然按鈴，或許會嚇到對方。就算敲門，古時候也沒這樣的歐式房間，想必對方也不會習慣吧。

在沒回應的情況下，鮫川悄悄打開門。

屋內微微可以看見一個身影。他從門縫窺望對方的臉。

他心中暗呼一聲「噢～」。

一身粗糙的褐色碎白點服裝。

能看到對方的衣袖，以及他跪坐在椅子上的姿態。

是上川岳滿。他無限感慨，無法成言，長嘆一聲。

7

與死者會面的鮫川老先生，在早上六點前再次來到大廳。

正攤開資料投入工作中的步美，一看到他，急忙站起身。晨光已照進屋內。看來，這場會面充分善用了時間。

步美急忙將文件收進包包裡，走向前，喚了一聲「鮫川先生」，鮫川回過頭來。

他嘆了一聲「啊～」望著步美。

看到他的表情，步美微感吃驚。

那表情宛如置身夢中。就像心不在這兒似的，兩頰泛紅，眼眶發紅。因為鮫川年事已高，步美有點替他擔心，但鮫川沒理會，就只是向他回道：「謝謝你，謝謝你。」聲音聽起來比想像中還要正常。

鮫川看起來似乎雙腳使不上力。步美讓鮫川扶著他的肩膀，和他一起坐向大廳裡空著的沙發。在此同時，鮫川又發出「啊～」的一聲嘆息。

這次他就像腰間無法使力般，整個人仰身癱坐在沙發上。接著他十指交握擺在面前，模樣就像直接把額頭靠在手上一樣。

「您沒事吧？」

步美猶豫著不知該怎樣同他搭話，如此詢問。

鮫川馬上應了一聲「我沒事」。他低著頭，耳朵比剛才還要紅。緊接著下個瞬間，步美馬上明白，這似乎是極度的興奮和激昂的情緒所造成。

「那是上川岳滿大人。」鮫川說。他抬起臉，這才正面望著步美。

「是如假包換的上川岳滿大人。不，就算被冒牌貨騙了，我也一樣幸福。因為能與他交談，親耳聽他說出心中真正的意思。」

真是一場時間完全沒浪費的會面。

鮫川年事已高，雖是和他很憧憬的對象會面，但他們素未謀面，而且時代和用語都不同。

在兩人獨處的情況下，能一路談到這個時間，再次令步美對這項事實感到嘖嘖稱奇。

鮫川的雙眼看起來泛紅又疲憊。

「我幫您拿杯水來吧。」步美詢問，鮫川搖了搖頭，接著才緩緩開口。看來，他似乎還處在極度的興奮狀態。

「他說的話……」

「是。」

「除了有點難懂的方言之外，又加了當時的發音和用語，所以坦白說，聽得一頭霧水。好在事先請你轉交那封信給他。藉由筆談、比手劃腳，以及交談，勉強能溝通，但如果不是因為我和他是同鄉，就算是再優秀的研究學者和教授，也會卡在方言這關，傷透腦筋。我也是使出了渾身解數，不過，果然還是只有我才辦得到。」

「上川先生和您想像的一樣嗎？」

鮫川注視著如此詢問的步美，過了一會兒才點了點頭。

「本以為出現的會是稍微年輕一點的岳滿，但那應該是他晚年的模樣吧。那一身粗糙的衣服，也和傳聞一樣。因為聽說他都混在農民中，一起幫忙種田。」

「是。」

「地方上的資料館留有上川氏的畫像，但坦白說，一點都不像。我甚至覺得，該不會是因為那樣流傳，而畫成了另外一個人吧。但感覺很複雜。因為等我回去之後，得向觀光客介紹『這位就是上川岳滿』，這是我的工作。」

在長時間會面後，還讓他在大廳講這麼多話，步美對此感到躊躇，但鮫川沒理會他此時的想法，仍自顧自地說個不停。看來，他的情緒很亢奮，很想找人分享心中的感受。

「過去我對他的印象，就只是覺得他高風亮節，但沒想到他說話口吻輕鬆，是個有點調皮的人。我問他，我透過使者和他見面，會不會造成他的困擾，但他似乎反而覺得開心。」

「覺得開心？」

「他說，死者能和活人見面這類的事，就算真有其事，也一點都不奇怪。事實上，我也好像聽過類似的事。聽他那講話的語氣，就像是覺得這次終於輪到他了。他還說，他想見識看看，這位想見他的怪人究竟是長什麼樣。」

鮫川想起這件事，莞爾一笑。

「不光是我說，岳滿也有很多問題想問。因為我穿的衣服、從飯店房間看出去的風景，都與他在世時完全不同，所以他不斷問問題，諸如現在是哪個時代，誰統治這個地方。哎呀，根本就是緊抓著我不放，真的很累。」

雖然嘴巴上喊累，但鮫川卻春風滿面。「真傷腦筋。」他又說了一次。

「一直到清晨到來，他消失身影的那一刻為止，他還一直在追問現在是怎樣的政治結構，他離開人世後，他的領土變成怎樣。我要是告訴他，我們與外國打仗，他一定會很吃驚吧。他一再央求我，說不管是怎樣的情形，他都沒關係，所以我也知無不言。上川氏聽得目瞪口呆。」

真的覺得很榮幸，鮫川說。他眼泛淚光。

「雖然很冒犯，但能擔任這個角色，將上川氏過世後一直到現在的這段歷史告訴他，我真的深感榮幸。」

「鮫川先生，您想知道的謎解開了嗎？」

「解開了。」

既然聽他提過，步美當然也感興趣。如果鮫川想將這件事埋藏心中，不告訴任何人，那也無妨，不過，沒想到他很乾脆地告訴步美結果。

「他說，他當時什麼也沒想。」

「咦？」

「作出那英明決定的理由。」

鮫川說。

「關於他沒讓任何農民參加當時的戰役這件事，以現今的話來說，就是膽小。要讓農民去參戰當然也行，但失去工作人口，他擔心農地荒蕪，所以就作出『不准去』的決定，要是上杉家再次提出強硬的要求，他或許就會派農民上戰場。不過，聽說上杉謙信很善戰，用不著派農民上場，他總是戰無不克。」

步美望著鮫川，說不出話來。

這麼說來，他喜歡的上川岳滿不就算不上英雄了嗎？正當他這麼想的時候，鮫川就像看穿他的心思般，笑著說道：

「從他的說話口吻來看，感覺是一位很優柔寡斷的領主。容易親近，但感覺沒有威嚴。聽說他常遲遲作不出結論，結果事情就此了結，最後在沒作出決定的情況下完結，這種情況一再反覆。他應該算是運氣不錯吧。就這個層面來看，他可說是個處世圓融的人。」

「那麼，和歌之謎呢？」

「哦，那也堪稱是傑作。」

與戀情無緣的上川岳滿所吟詠的戀歌，到底是為誰而歌呢？人們向來都說他的對象是自己的妻子，而鮫川之前覺得不太對，說這一定是他對村莊或村民所抒發的情懷。

「那不是上川氏所吟詠的和歌。」

「咦？」

鮫川又一次回答得很乾脆，步美聽了，不由自主地發出一聲驚呼。但鮫川卻不顯一絲難過和失望。反倒是一臉舒心、暢快的表情。

「哈哈哈。雖說不是上川岳滿本人吟詠的和歌，但這是可以充分了解其為人的一段佳話。那是他幫一位不會寫字的家臣代筆所寫的和歌。」

「代筆？」

「難怪那首和歌一點都不像上川氏的風格。」

鮫川開心地直點頭。

「當時在村裡祥和的時期會舉辦歌會，這時，擅不擅長寫和歌，字寫得漂不漂亮，都會殘酷地顯現在眾人面前。當中有位不會寫字的家臣卻自己說他想參加，於是上川氏幫他以上杉謙信的一首知名和歌當主歌，另外寫了一首和歌，並由他代筆。他原本一開始想不起來，聽了之後為之一愣。是在聊其他事情時，才突然想起。」

「原來是這樣啊。」

聽過真相後，教人大感意外。兩人都感受到上川氏那溫柔而又帶點懦弱的人品，但這可能不是鮫川所期望的人物形象。

「請問……」

「嗯?什麼事?」

「您不覺得失望嗎?」

步美忍不住問道。

鮫川明明傾注了如此的熱情，展現想見這位名君的強烈意願，但此刻他卻不顯一絲沮喪。沒想到鮫川點頭應了一聲「會啊」。

「是很失望。我心想，原來只是這樣的原因啊，這麼說來，他所作的決定，並不是英明的決策，而他也不是吟詠那首和歌的人嘛。不過，歷史往往就是這樣。人們所傳頌的故事就是一切，而最重要的是，在這一刻，世上知道真相的人就只有我，想到這裡，便有無限感慨。」

這種優越感，步美也想像得出來。

鮫川突然流露出凝望遠方的眼神。他望著大廳的天花板，接著緩緩說道：

「之後一直都是他在發問。我聽到自己想問的話之後，頓時不知道該說什麼才好。感覺變得扭扭捏捏。」

扭扭捏捏這個形容顯得很突兀，但也讓人覺得可愛，發出會心的一笑。鮫川潤了潤唇，又接著道：

「他還問我——我死後，還有像你這樣的人投注一生的時間來研究我，這就是我的人生嗎？我的名字留傳後世是嗎？」

突然一陣沉默籠罩，讓人深切感受到清晨大廳的寧靜。步美聽了也倒抽一口氣。

鮫川老先生從步美臉上移開的目光，此刻沒望向任何地方。他那一度冷靜下來的雙眼，再度轉紅，灰濛的眼瞳表面發顫。

「接著他向我道謝。說他萬萬沒想到，自己的人生竟然會讓人如此關注。」

話說到一半，鮫川的聲音就像卡在喉嚨裡一樣，變得很沙啞。待他再次抬起頭來時，臉龐再度散發光輝。朝步美說了聲「謝謝」。

「謝謝，謝謝你。能聽上川岳滿對我說這番話，我實在很幸福。」

「哪裡……」

就算他不是名君也無所謂。

至少在此刻，他是這麼認為。

「謝謝您。」

鮫川說道，感覺還有話沒說完，心情也尚未平復。他想道謝的對象，或許不是步美，而是上川岳滿，或是超越這位他崇拜的人物，一個更高的存在，鮫川獻上真誠的感謝。他就得這麼做才會滿意。步美隱約有這種感覺。

8

送鮫川老先生回飯店房間後，步美直接前往輕井澤的雞野工房。使者的工作與平日工作間的切換，總是如此。離開飯店後，他一面與睏意對抗，一面走向東京車站。今天能在新幹線上小睡片刻，已經算不錯了。

在新幹線的月台上，好在不用擔心會跟鮫川不期而遇。此刻他想必是在飯店的房間裡作著美夢吧。

或許還會因為太興奮而睡不著，但包括這樣的興奮和慵懶在內，應該會度過一個快樂的早晨。

鮫川與步美道別時，往自己的房間走到一半，突然說：

「——我在七十歲之前，從來都沒想過。」

「咦？」

「想自己人生的意義。」

鮫川似乎不在乎步美是否聽得懂，他接著說：

「年過八十後，連我也開始在意起自己是否能從中解脫，得到自由。如果要我仿效使者來說的話，我不是在意想和誰見面，而是在意自己死後會不會有人來見我。剛才上川氏的心情，我也隱約明白。以我的情況來說，會來見我的人，打從一開始就不存在。」

那不是自嘲的口吻，而是很坦然的語氣，所以步美一時也無言以對。

過了一會兒，步美才開口道：

「鮫川先生，您已經八十多歲了嗎？」

「對。」

「您可真硬朗。」

「大家都這麼說。」

鮫川笑了。他的臉沐浴在從通道前照進的陽光下，散發著光輝。

「今天真是太棒了。是我人生中最好的一天。」

我的人生有意義嗎？

是否會在歷史留名？

步美還沒想過這種事。而年過八旬的鮫川，因這樣的想法而受到震撼，這點步美雖能理解，卻湧現不出真切的感受。

然而……

在他前往工房的途中，他工作用的智慧型手機傳來訊息通知。低頭一看，是工房的獨生女奈緒傳來的訊息。他明明這個星期一才打電話和他們討論，他們已經開始作業了嗎？一股感謝之情湧上心頭。

『我也認為綠色最合適！』

在那強而有力的訊息下，附上一張照片，裡頭是上禮拜取得的烏龜玩具樣品的綠色版本。光是顏色改變，感覺就很有烏龜的樣子，也多了幾分可愛。他走向工房的步伐變得輕盈。

步美心想，或許我們都很像吧。

自己的人生意義、歷史，還有名字。

與他們相比，或許這真的很微不足道，但這或許是自己的設計第一次真正有了形體，想到這點，還是很高興。

『讓我們一起創作出一個好作品吧！』

步美邊走邊回簡訊給待會兒就要見面的奈緒。

母親

我一再反覆地夢見自己沉入水中。

當時的狀況如實呈現的夢境，說來還真是不可思議。例如昨晚，我作了這樣一場夢。

我、丈夫，還有女兒芽生，一起開車來到某個沿海小鎮旅行。

丈夫開的車駛進一處矗立於海中，像是鋼筋建造的停車場。這座鋼筋建造的停車場，腳下有很大的空隙，除了我們之外，還停了很多輛車，但底下可以看見幽暗的海水。

我深感不安。

我並不是擔心這裡能不能停車，會不會連同車子一起掉落海裡而感到不安，我是覺得丈夫好像會說「這麼危險的地方能停車嗎」，我不安的是這件事。

「這裡也太危險了吧。這裡很可怕，媽媽和芽生一起到外面等吧。」

果然和我預料的一樣，丈夫在夢裡如此說道。

雖然我心想，如果真那麼危險的話，應該就不會做這樣的設計，所以一定不會有事的，對此感到不滿，但我沒說出口。我拆開兒童安全座椅的安全帶，和芽生一起下車。心想，就算我們下車，對停車也不會有任何影響吧。

腳下的海水水位正在上升。一波又一波的浪潮湧來。

裸露的鋼筋形成的空隙，大到足以讓人從中掉落，我這才猛然想起，昨天天候不佳。

深藍色的海水，看起來深不見底。我心想，要是掉下去可不是鬧著玩的，轉頭望向芽生。

如果芽生掉下去的話……在沒什麼現實感的情況下，我如此想像。

過去看過許多水上遇難事故浮現腦中，前往搭救的父母就此殞命的新聞也掠過腦中。就算孩子被大浪捲走而沒頂，為了避免被捲入其中，引發二次災害，請絕對不要貿然跳進海中——我想起評論家說過的話。

向芽生說一聲吧。

叫她要小心，這裡很危險，千萬別掉下去。

我心裡這麼想。雖然這麼想，卻沒出聲。因為一定不會有事的。掉落海裡這種事，在現實生活中應該不會發生才對。

我心裡這麼想，而芽生就在我面前，露出充滿好奇的眼神，望著大海。

緊接著下個瞬間。

芽生從鋼筋的縫隙間墜入海裡。

那感覺不像是一時不小心，而是在好奇心的驅使下，抱著好玩的心態，想跳進海裡試試。

夢中的我發出悲鳴。從芽生掉落的縫隙處跳進海裡。新聞裡明明提醒過，絕對不要貿然跳進海中，但我這才明白，實際上根本無法辦到。

——為什麼在她落水前，我不能出聲提醒她小心呢？要是能跟她說一聲就好了。

——不過，應該還來得及，她一定能獲救。

這是我腦中出現的兩個念頭。

海中雖然黑暗，但畫面很清楚。今年才六歲，預定明年春天就會開始背小學生書包的芽生，我可以清楚看到她的背影，就像戴上蛙鏡一樣。照理來說，在暗色的水中應該是什麼也看不見才對啊。

我手伸向芽生背後。拚命划水，想接近她，但我的身體無法照我想要的速度前進。芽生既沒掙扎，也沒亂動。她似乎已失去意識，就只是一味地往下沉。

這時我才明白，我與她的距離一點也沒縮短。

她沒救了。

芽生不斷沉向海底，一路朝那深不可測的水中沉落。我來不及救她，沒能伸手抓住她的背。

芽生——我叫喊著。

在心中叫喊。

雖然是在夢中，但我知道，如果只有我一個人，還有機會獲救。我現在要是回頭，還來得及浮出水面。但我沒想過自己現在停止追向她的背影，自己浮出水面。只有我自己逃出水面，一味地等候從海裡獲救，這種事我無法想像。

——啊～我會和芽生一起死在這兒。

就只是因為沒能阻止芽生落海。

為了救我和這孩子，丈夫一定也會走下車，毫不猶豫地跳進海中。然後像我一樣發現，本以為一定救得了，但是卻無能為力。所以丈夫也會一起死在這兒。明知是這種結果，卻阻止不了。

我們會死。

死亡一定就是這樣造訪。我無法想像失去芽生，自己獨活的情況。

我並不後悔。

在夢裡，我置身水中，如此思索。

1

澀谷步美在位於品川的飯店交誼廳裡，靜靜地聽他們談及過往。

身為能讓死者與活人見面的使者，此刻他坐在委託人面前，靜靜聽他們訴說。

——委託人的名字是重田彰一和重田實里夫婦。

他們想見的對象是他們的女兒重田芽生，五年前因遭遇溺水事件而亡故。

夫妻一同前來向使者委託的案例，這還是第一次。關於只有一人能和一名死者見面的規則，不用步美說明，他們兩人早已知悉。

「我希望能讓內人實里和芽生見面。」

丈夫彰一說道。

希望能見女兒一面的妻子實里，語氣平淡地說她至今仍反覆會夢見自己失去女兒的畫面，接著她靜靜望著步美。

「其實我失去那孩子時的情況，和夢裡看到的完全不同。我沒跳進海中，其實我連那孩子是什麼時候不見的都不知道──我和丈夫都沒看到她人。」

步美幾乎連出聲附和也沒有，就只是靜靜聽他們說。而他們感覺也不需要步美的附和。

今天重田夫婦帶著女兒的照片前來。一家三口笑盈盈地戴著帽子，以某座海邊堤防當背景合照。照片裡的重田夫婦還很年輕，在女兒兩側牽著她的手，神情開朗，與此刻坐在步美面前的他們判若兩人。

女兒芽生當時六歲。是隔年就要上小學的年紀。小臉配上小手。紅色方格子圖案的吊帶褲，也給人十足的孩童印象。

他們說，這張照片雖然很小心保管，但他們夫妻之間很少拿出來看。

「是芽生過世那天拍的照片。」

聽他們這樣說，步美想到就是這一家人身後那片遼闊的大海，奪走年幼女兒的性命，一時間無言以對。

那天似乎不是晴朗的日子。與臉上露出開朗笑臉的這一家人形成強烈對比，他們背後的天空，烏雲低垂。大海也同樣是暗藍色。

步美從祖母那裡接替使者的職務已有一段時間，但今天在他過往的委託中，感覺時間特別漫長，而且沉重。

想見自己親人的委託，過去他承接過不少，但當中孩子比父母先走的情況總是教人難受。而在白髮人送黑髮人的情況下，往往在世者在和死者見面前，便已淚眼漣漣。

重田彰一也是，他電話裡傳來的聲音在顫抖。

「很抱歉，向您提出這樣的委託，但可否請您先聽我說呢？」

從他如此低調的說話口吻中，充分表現出他們心中的懊悔與愁悶。

他們的女兒芽生是在五年前過世，但在他們心中，記憶或許依舊鮮明，就像昨天才發生過的事一樣。每談及過往，就會像流血似的，從話語中滲出痛苦。

不論是家人、愛人，還是朋友，只要對方仍將死亡當作現在進行式看待，聆聽的一方也會覺得難過。

聽說那天他們一家人前往千葉縣的海邊，重田夫婦的嗜好是在堤防上釣魚。見釣到的魚兒在水桶裡游著，女兒芽生開心地喊著「小魚！」，一臉天真無邪。

「我們一時疏忽。」

彰一一面說，一面注視著步美。那應該不是他想憶起的往事，但他還是很仔細地一一說明當時的情形。

魚釣到一半，他突然發現芽生不見了。

坐在一起垂釣的重田夫婦發現這件事情時，大感焦急，但一開始還以為孩子可能是躲在車子後方，或是自行走到不遠的地方去了。

彰一接著說：

「我和內人都沒聽到那孩子落水的聲音，所以萬萬沒想到她是落海了吧。之後我們發現到處都找不到人，這才報警，海上保安廳的人員替我們在海裡搜尋，但我當時認為絕對不是掉進海裡。」

交誼廳外的中庭相當廣闊。午後的陽光伴隨著白雲的動向，一起在綠油油的草地上滑過。

丈夫在說明時，視線望向窗外的實里，目光遙望遠方。

「我真的沒聽到孩子落水的聲音。孩子消失後，我心想，該不會是落海了，急忙望向大海的方向，但當時水面上感覺沒任何異狀。那時候我要是馬上跳進海裡就好了。但我們認為絕對不是落海，被綁架的可能還比較高，希望他們到陸地上搜尋，但現在細想，這種想法根本毫無根據，不過當時滿腦子就只有那個念頭。」

「是。」

步美終於附和一聲，接著換實里望向他。實里的眼神這才開始聚焦。

「最後，一直到入夜後，才在海上尋獲芽生。似乎是在我們兩人沒注意時落海。成了一具冰冷的遺體。」

她自己刻意說「成了一具冰冷的遺體」，感覺就像是為了藉此將自己逼入絕境。

「本以為會不會是弄錯了，但確實沒錯，海上搜尋的保安廳人員說對了。因為刑案的可能性低，所以我女兒的死被當作意外事件處理。事實或許就像他們說的那樣。就算沒聽到落水聲，但孩子像那樣靜靜地消失，也是常有的事。」

這是刑事案或是綁架。

當時他們夫妻倆或許已反覆想過這幾個可能性，也許也告訴過警方。失去女兒後，想必他們經過很長一段時間，這才調整好心情，得以道出這件事。現場籠罩著漫長的沉默，令步美有這種感覺。

半晌過後，實里抬起頭來。

「因為芽生曾多次走在堤防上練習平衡，並站在上面往海裡窺望。我雖然心想，得出言警告她才行，但她從沒遭遇過危險，所以我一直沒警告過她。她當然知道大海很可怕。但我們多次來過那處堤防，就算她落海，只要早點出手，應該也能獲救……當時我們是這麼想的。」

丈夫彰一注視著步美。

「我們這次想請您安排會面的對象，就是我們當時喪命的女兒芽生。其實在失去那孩子後不久，我們便多次聽聞使者的事。有個同樣是在意外中失去孩子的父母組成的集會，我們從當中的幾對夫妻那裡聽說，使者能讓人和死者見面。」

那些夫妻是否就是促成他們與使者見面的人呢？

這點重田夫婦沒說，步美也沒問。但應該就是那些人對重田夫婦說了些什麼，讓他們相信能和死者見面的這種荒唐無稽的事。

彰一接著道：

「說句冒犯的話，一開始我們並不相信。事實上，那時候有許多宗教團體跑來我家邀我們入教，針對我們女兒過世的事說了許多荒誕的話，也不知道他們是從哪裡得來的消息。」

「嗯。」

「……後來雖然得知，使者的存在似乎與那些荒誕的事不一樣，但我還是遲遲下不了決心。一來也是覺得無法完全盡信，二來，我們是因為自己的疏忽而害死那個孩子，不知道是否有資格厚著臉皮提出這樣的要求。」

「害死」如此強烈的用語，在白天的交誼廳裡刺耳地響起。淡淡訴說這一切的彰一，幾乎完全不眨眼，眼眶泛紅。

「最重要的是那孩子……」

彰一深吸一口氣。坐在他身旁的實里，眼瞳表面也像蒙上一層水似的，光亮溼潤。

「那孩子不知道肯不肯見我們。我很害怕，到現在還是很害怕。」

怎麼會不想見你們呢——這句話差點從步美口中說出，但來到一半卡住。

失去孩子的這些年，當事人或許一直很苦惱、迷惘、糾葛，而今天才和他們第一次見面的步美，實在沒資格說些什麼。

面對女兒的死，重田夫婦深切感受到一股難以向人啟齒的責任感和懊悔，步美光是坐他們對面就感受得到。

他們兩人一同向步美深深一鞠躬。

是這五年的歲月，讓他們下定決心，想和女兒再見一面嗎？這對夫妻似乎在談到女兒時，顯得很痛苦，但他們的穿著以及待在這間飯店裡展現出一本正經的氣質，都讓人覺得他們堅強又沉穩。

兩人應該都年近四旬。丈夫的頭髮略顯花白。

「我們兩人討論過很多次，最後決定由實里和女兒見面。還望您鼎力相助。」

即使面對比他們年輕許多歲的步美，他們還是一樣禮貌周到。

這對痛失愛女的夫妻，是如何看待使者的存在，而在這之前，他們兩人之間又經歷過怎樣的討論，步美完全無法想像。

因為意外事故而失去孩子的家人，有的後來離婚，有的家庭破碎，這些情形時有所聞。重田夫婦也一樣，儘管此刻兩人依偎而坐，看起來相互扶持，但在外人看不到的背後，肯定經歷過各種猶疑。

「我明白了。」步美回答。「我接受兩位的委託。」

2

使者能否與委託人取得聯繫，全憑一個「緣」字。

重田夫婦離去後，獨自留在交誼廳裡的步美，想起祖母說過的話。

對使者的委託，是從使者接到電話的那一刻開始。關於這點，祖母曾經這樣說過。

『有人不管再怎麼撥打，就是聯絡不上，但有需要的人，自然而然就能聯絡上。』

一開始聽祖母這樣說，步美覺得，就他所目睹的那些重逢來說，確實就像祖母說的那樣，而當中覺得與其見面，還不如別見面得好，這種情形雖然不多，但也不是沒有。

而今天聽了重田夫婦的話之後，他感到特別難過，因為在他們心中，女兒死亡這件事還沒完結。

原本死亡就沒有「完結」，但藉由祖母所說的「緣」而聯繫在一起的委託人，雖然大多沉浸在悲傷中，但對於想見面的對象已死的這件事，他們往往都已作過一番內心的整頓——反過來說，也許在走到那個階段之前，委託者與使者之間的「緣」不會聯繫在一起。

既然這樣，看起來仍未對女兒的死作好內心整頓的這對夫妻，今天之所以能聯繫上使者，或許當中暗藏著什麼含義——希望真是如此，步美抱持祈禱的心情來看待。

他望向手錶，要和下一位委託人見面，還有很充裕的時間。今天他安排了一整天在外跑業務的工作，傍晚還要去拜訪客戶。回到公司大概都晚上了。一般來說，他與委託人見面都是選不同的日子，但這個月實在是工作忙碌，只能集中在這天處理。

他現在很猶豫，在下一位委託人到來前的這段時間，該不該拿出他目前正在處理的資料來看。

這些許的空檔時間，雖然很想用來工作，但要是委託人到來時，看他攤滿整桌的工作道具，使者的威嚴將會蕩然無存。恐怕會挨杏奈責罵。步美光是這樣就已經讓人覺得他太年輕了，絕不能再造成無謂的誤會，所以還是小心一點比較好。

他猶豫了一會兒，喝起桌上沒喝完的水，這時突然感覺交誼廳入口處有人。

他轉頭望去，發現那裡站著一名氣質高雅的老婦人。

她穿著一件花紋圖案的女性襯衫，下身搭配一件亮面的黑色長褲，一看到步美，暗呼一聲「哎呀」，一副恍然大悟的神情。她戴著一副時尚的有色眼鏡，搭配相當得宜。

步美就此明白，她似乎就是下一位要見面的委託人，小笠原時子。

服務生正準備前來替她帶位時，時子以嫻熟的動作回絕了他，說了一聲「謝謝」。她直接朝步美走來——在電話中聽說她今年七十四歲。不過，她腰板挺直，笑容柔和，給人的印象遠比實際年齡年輕許多。

「您是使者嗎？」

向步美詢問的聲音，聽起來充滿活力。步美頷首。

「是的。今天要請您多多指教了。」

——使者的委託案約莫是一個月一次，但有時一個月會有兩三次。由於滿月之夜的會面時間最長，所以委託人大多會指定這天，因而會集中在同一晚展開會面。

就步美過去參與過的經驗來看，最多的一次是一晚展開三組會面。

如果再增加的話，會對擔任協調者的他造成很大的負擔，當初在繼承使者的工作時，他原本也很擔心，但就像是體恤步美的擔憂般，委託再多也不會超過一個月三次。當有委託重疊時，他就會把會面的時間錯開，請委託人先後到來。結束的時間沒特別決定，但說來也很不可思議，從來都不會在同樣的時間結束，令步美窮於應付。在這方面，他也感受到祖母說的「緣」所帶來的神秘力量。

「請坐。」

步美抬起頭，重新繃緊神經，處理今天的第二項委託。

3

「我想見我女兒。」

婦人開口的第一句話，令步美倒抽一口氣。

剛剛才見過面的重田夫婦的事，頓時從他腦中掠過，感覺就像某個冰冷之物朝他背後摸了一把。他緩緩抬起視線，望向時子，但時子的表情不顯一絲陰沉，始終和一開始走來的時候一樣，面露柔和的微笑。步美覺得對她有點抱歉，但心裡著實鬆了口氣。

「要見令嬡是嗎。」

「是的，她已經過世二十多年了。那年我五十歲，我女兒二十六歲，她因乳癌病逝於日比谷第二醫院。醫院的醫生們都全力搶救，但她的年輕害了她，病情惡化的速度過快。」

要提出與死者見面的委託，需要死者的名字、死亡年月日，以及想會面的理由。

但她卻特地連醫院的名稱也一併告知，由此可以看出她這個年代的人正經八百的一面。

「這是我女兒瑛子，不過這是她還沒發病時的照片。」

時子在桌上擺出一張照片。

照片裡的瑛子笑靨如花，是位給人開朗印象的美女。可能是當時流行，她臉部周圍的頭髮燙成大波浪，咧嘴而笑，露出一口白牙。也許時子平時都將這張照片帶在身邊。照片褪色，微微泛黃。

照片裡的瑛子並非獨自一人。有名身材高大、肩膀寬闊的外國男性，從身後環抱著她。他同樣滿面笑容，幸福洋溢的兩人似乎是一對情侶。

可能是注意到步美的視線，時子告訴他：

「和她合照的，是我女兒的丈夫卡爾。他是德國人，他們是在我女兒過世前九個月時結婚。瑛子的全名是瑛子．比爾克納。」

「是異國婚姻嗎？」

「這在現在或許不稀罕，但當時還很少見。當初她突然跟我說要和外國人結婚時，我聽得目瞪口呆。」

時子笑呵呵地說著，似乎覺得好笑。在當時，他們想必是思想很先進的家庭。從時子那優雅的動作也看得出來。

「瑛子大學時代曾到德國留學。研究兒童文學，從在學時代便遠赴德國，畢業後仍繼續留在那裡研究。我們並不是多富裕的家庭，但幸好從兩個女兒小時候便分別事先替她們存好嫁妝，所以就用那筆錢充當瑛子的留學費。」

時子像在緬懷過往般，瞇起雙眼，將眼鏡往上推。

「我一直都是家庭主婦，沒在外面上過班，也從沒對自己的婚姻感到後悔，但要是有人問我，是否盡情做過自己想做的事，我可就沒自信給予肯定的答覆了。所以我才想，要是女兒們發現自己想做的事，我會全力完成她們的心願。」

「我認為您這樣的想法很好。」

步美發自內心地說道。時子開心地點著頭，向他說「謝謝」。

「我對她說，雖然我幫妳出留學的費用，但日後妳嫁人時，請自己想辦法，就這樣送她去德國。當時周遭很少聽說有人在國外念書，所以瑛子這麼做，我也很引以為傲。」

「是。」

「那應該是她到德國五年後發生的事吧。」

時子喝了一口手中的咖啡，接著道。

「瑛子過年時短暫回國，說她有個結婚對象，想介紹給我認識。聽她這麼說，我和丈夫都以為是她在德國認識的日本男性，所以一聽她說出對方的名字叫卡爾時，我嚇了一大跳。」

時子以輕鬆的口吻，語帶詼諧地說道。聽她這麼說，步美的嘴角也很自然地微微上揚。

「然後就和對方見面了嗎？」

「不，我和我先生都說，什麼異國婚姻，成長環境和文化都不同的兩個人湊在一起，絕對不會有什麼好事，極力反對。還對她說，我們不認同這件婚事，我們送妳出國，不是讓妳去和外國人結婚，為了讓她死心，極力加以說服。」

「那麼，令嬡怎麼說？」

「她說，我會就此死心，既然媽媽妳反對，那我就不結婚了。」

時子突然就此打住，第一次露出陰沉的表情。

「現在想想，她真是可憐。她這孩子意志堅定，以她的個性，一旦決定的事，絕對會堅持到底，但她應該是考量到父母，經過一番苦惱後，勉強自己說出這樣的話來。」

「是。」

「……當時那件事就此打住，瑛子再度回德國去，在那邊的學校繼續研究。但過沒多久，她來電話說：『媽，我生病了。好像是乳癌。我可以回日本接受治療嗎？』」

她的語氣平淡，沒有高低起伏，可能是在模仿女兒說話吧。儘管已過了二十多年，但她或許一直沒忘了當時的口吻。時子的說話語氣轉為沉重而緩慢。

「回到日本時，我女兒帶著卡爾回來。他從德國趕來，說他想在瑛子身旁，陪她一起對抗病魔。我和丈夫看了，心中的想法就此改變。我跟他們兩人說，你們可以結婚了。所以他們才得以在日本舉行婚禮。卡爾還穿傳統禮服呢。」

「……是嗎。」

「婚後不到一年，在短短的九個月後，我女兒便過世了。儘管如此，他們還是說自己很幸福。」

時子就像想起當時的情景般，望著窗外在陽光下閃閃生輝的草地。

「瑛子過世後沒多久，卡爾對我說『我很想帶爸媽去瑛子住過的德國』。我之前沒有出國的經驗，而且瑛子已經不在了，我們去也沒意思，所以對此躊躇再三，但最後是弘子——瑛子的妹妹，也就是我們的次女，在背後推了我一把。她說，媽，妳如果有一點點想去的念頭，那就一定要去。」

「嗯。」

「其實這次我之所以會想來請使者幫忙，也是和弘子他們討論後作的決定。我兩年前喪夫，現在和女兒女婿一起同住。」

時子朝擺在桌上的咖啡喝了一口，接著道：

「他們兩人原本都對有人可以安排死者和活人見面的事感到吃驚，懷疑我是被人騙了。最後他們也不確定這是真是假，但他們還是對我說：『媽，既然妳想委託看看，那就照妳的意思去做吧。』」

「令嬡他們不擔心嗎？」

雖然步美用了「令嫒」一詞，但他發現，他們可能都比自己年長。見過委託人後，這是常有的事。

「當然擔心，不過他們也對我說，再來就得由我自己負責了。如果對方要求一大筆金額，到時候就作罷。不過，應該是沒這個必要對吧？」

「是的。」

打第一通電話時，時子向他確認過。「如果金額不高的話，我可以付費。」步美現在仍記得，當時聽到她那優雅的聲音，他馬上回應道：「不不不，不用付費。」

「我跟他們說，我打電話過去時，接聽的人感覺是位帥哥，他們聽了之後也很驚訝。」

「啊，不……」

步美急忙搖頭否認，時子再次呵呵輕笑。

「今天我也問過弘子，如果妳擔心的話，要不要跟我去？結果她反而露出詫異的表情說道：『咦？媽，妳自己一個人去會擔心嗎？』那孩子有工作要忙，而且她對我應該是有相當程度的信任吧。」

次女相信的，應該不是使者，而是對此深信不疑的母親吧。她們母女間的相處氣氛，從中傳遞而來。感覺也能藉此猜測出長女瑛子的個性。

放在桌上的照片裡，瑛子與丈夫笑得開懷。

步美驀然想到。

重田夫妻與時子，這兩對想見女兒的委託人，都帶著女兒的照片前來。委託人帶想見面的對象照片前來，並不稀奇，不過，想和家人見面而提出委託時，這樣的人特別多。

重田夫婦是夫妻間討論，時子則是和女兒女婿討論，他們都是和家人討論後才來見使者。對使者進行委託的，通常都是希望見死者的本人，自己抱持這樣的想法，然後獨自作出決定前來，而她們之所以會和家人討論，也是因為這是和家人有關的委託。

「我好像離題了，真是不好意思。」

時子如此說道，端正坐好。

「雖然卡爾的日語也不是說得多好，但他帶我展開一趟德國之旅，非常快樂。讓我見到許多瑛子的朋友，他們幾乎每個人都對我說：『嘩，妳就是瑛子的母親？我們一直都想見妳呢。』」

可能是她女兒的朋友們都興奮地這樣說吧，從時子模仿的口吻清楚感受得到。時子笑咪咪地接著說。

「我問他們『你們知道我的事？』，結果他們個個都說『當然』。還說：『瑛子能來這個國家，都是託妳的福。要不是有妳，我們都無法認識瑛子。』我女兒告訴他們，自己的留學費用，其實是我替她存的嫁妝。卡爾跟我說：『他們每個人都在向妳說謝謝。』我聽了很是開心。聽說卡爾就是因為這樣，才想帶我去德國和大家見面。」

時子雙眼直視步美。「我之所以想見我女兒……」

「是因為想跟她道謝。透過她的朋友，我了解了各種文化和想法的差異，也藉此拓展自己的視野，明白世上有形形色色的人，並非只有自己的想法才是正確的。我心存感謝。」

時子深吸一口氣。

「——沒能把她生得健壯，真的對她很抱歉，但那孩子卻很享受自己的人生，沒就此示弱。如果我不是她母親，或許她會有更大的可能性，但她還是對我說，她很幸福。」

步美略微一驚。

沉默了一會兒後，時子望向步美道：「使者先生？」步美就只是回了一句：「啊，抱歉。」再次面向她。

時子噗哧一笑，接著道：

「使者先生，一切就有勞您了。」

接著她突然端正站好，恭敬地行了一禮。「使者先生」這個稱呼，感覺真教人難為情。

步美也馬上立正站好，回了一聲「我明白」。

「我接受這項委託。」

4

——已故的重田芽生年紀比杏奈還小。

在前往秋山家的途中，步美回想重田夫婦帶來的那張芽生的照片。身邊有個小孩在，對於小孩亡故的事件或事故會讓人加倍有真切感。這種難過的情緒變得更加強烈。

步美受邀一起共進晚餐，平時常外出的杏奈父母，今天都在家。步美一到來，杏奈的父親馬上以充滿朝氣的聲音喚道「噢，步美啊」，熱情相迎。

「喂，杏奈，別再看電視了，不是說好只看三十分鐘嗎。功課也沒寫。」

在走廊深處，聽到杏奈她母親的聲音從杏奈房間傳來，同時傳來杏奈的應答聲道「還沒到三十分鐘～」。母親喝斥的音量提高，「妳說謊！」

——聽到這樣的對話便可明白，雖然是威名遠播的占卜師世家的「當家」，但杏奈終究也是個普通的八歲小孩。

「喂。很吵耶，難得步美到家裡做客。」

杏奈的父親扯開嗓門朝聲音的方向喊道。

「步美，真是不好意思，我們家太吵了。」

他朝步美露出的笑臉，像極了已故的大舅公。因為有年紀差距，所以沒有真切的感受，不過杏奈的父親與步美其實是表兄弟。步美與杏奈的關係，向來都沒有特別的稱謂，所以都只能以「親戚」來稱呼，這點令他有點不知如何是好。

打從他懂事起，杏奈的父母便是「成人」，和他不一樣，雖然算是步美的表哥表嫂，但他從小就都叫他們舅舅、舅媽。

「不會啦。」他一面回答這位舅舅，一面脫鞋，走進不管什麼時候來，總能聞到全新榻榻米氣味的寬敞住家。

「噢，步美，辛苦你了。」

杏奈從走廊深處傳來一點都不像小孩子的問候聲，步美一見到她，不由自主地回了一聲「妳好」，就像在跟大人問候一樣。

屋裡可以聞到味噌湯的溫熱氣味。步美看著他們的樣子，心想，以前我家可能也是這樣吧。

留下步美一人而辭世的父母，與他相處的時間，他幾乎沒半點印象，因為當時步美年紀尚小。但一定也有像他們這樣的家人共處時間。

吃完晚餐後，杏奈的母親說要洗碗，步美陪她一起來到廚房。

像這種時候，她不會客氣地說一句「怎麼能叫客人洗呢」，而是回一句「那就麻煩你嘍」，把他當家人看，讓他在一旁幫忙，而這也是步美愛來他們家的原因之一。

秋山家有幾位負責做菜的家政婦，當杏奈的父母外出時，她們會照顧杏奈，但杏奈的母親在家時，都會和她們一起在廚房忙。她當然也會洗碗。

步美在流理台洗好的盤子，舅媽在一旁接手，以毛巾拭乾後放回層架上。當她看到舅媽將杏奈使用的兔子圖案小碗拿在手上時，突然很想問她一個問題。

「……母親是不是都會認為，只要是自己孩子的事，一切責任都在自己身上？」

面對步美這唐突的提問，舅媽咦了一聲，抬眼望向他。

「不……今天與使者的委託人見面時，對方說過這樣的話。」

「哦。」

今天見面的小笠原時子說的那番話，一直在他心中揮之不去。沒能把她生得健壯——

連小笠原時子也會這麼想，令他頗感驚訝。

這也許是不久前才見過面，對女兒的死深感懊悔的重田夫婦，仍令他印象深刻的緣故。如果是因事故、事件、自殺之類的方式而突然痛失愛子的父母，對孩子的死感到有一份責任在，這樣步美還想像得出來。但如果孩子是病死，父母仍會探究自己應負的責任嗎？

而有人完成了女兒的願望，別說女兒了，就連女兒的朋友也都很感謝她，但她還是會覺得「如果我不是她母親的話……」嗎？

「我認為前來委託的人，是位很了不起的母親。她幫女兒圓夢，而事實上，她女兒也很感謝她。但她卻說，如果我不是她母親的話，我女兒或許會有更多可能性，都怪我沒把她生得健壯一點。」

「這就是天下父母心啊，每天都會覺得自己對孩子有一份責任在。」

舅媽面露淺笑。

「舅媽，妳也這麼想？」

「當然。要是杏奈不聽我的話，或是沒能打點好自己周遭的事物，我就會覺得自己有責任，會不會是因為我沒好好照顧她的緣故。要是她成天看電視，脫下來的衣服都不折好，我就會想，是因為我常外出，沒辦法時時陪在身旁照顧她的關係。」

舅媽這句話才剛說出口，理應在隔壁房間看電視的杏奈，就像是順風耳似的，朗聲問「妳剛才說了什麼嗎」。舅媽裝作沒事，應了一句「什麼也沒說」。

接著向步美嫣然一笑。

「步美，你媽也是這樣。你小時候不敢吃青椒和洋蔥，她一直很在意，懷疑是因為自己煮得不好。」

「我媽她那樣說？」

步美沒想到話題會談到他，驚訝地問道。

「舅媽，妳曾經和我爸媽聊到這些事嗎？」

「那時候我還沒嫁入門，就只是訂有婚約。從那時候起，便常和秋山家有關的人們交談。」

在訂婚這件事開始發揮功能的時候，便覺得秋山家果然很不簡單，心裡為之卻步。舅媽就像是個調皮的小鬼，以捉弄人的眼神望著步美。

「你現在總敢吃青椒和洋蔥了吧？」

「……嗯。以前我在學校使不出單槓向上後翻時，奶奶騙我說：『如果你吃了青椒，就辦得到。』從那之後我就敢吃了。洋蔥也是，不知不覺間就敢吃了。」

「說那是騙，就太過分了。不過，那確實很像愛子姑婆會做的事。」

舅媽朗聲而笑。

「旁人看了都會覺得你媽做得一手好菜，做事又細心，不過，每當孩子有什麼狀況時，她都會這麼想。也許那明明只是孩子個人的喜好問題，但她卻總是反求諸己。或許她是希望原因能出在自己身上。」

「希望原因能出在自己身上？」

「藉由這樣想，而希望孩子永遠是孩子。而就孩子來看，永遠都被當孩子看待，或許會覺得無福消受吧。這也許會讓人覺得是母親的私心，或是厚臉皮的一面。」

舅媽從步美手中接過洗好的盤子，一面擦拭一面說道。

「這次的委託，是母親想見孩子是嗎？」

她佯裝若無其事，但聲音中還是透露出關心。

秋山家原本就代代繼承使者這個角色，直到現在也仍是步美的親戚。在接受委託時，他都會一一向秋山家報告。但就像默認的規則一樣，只要不是情況特殊，對於委託的詳細內容，步美向來都不會多談。像這次聊這麼多，算是相當少見。

「嗯。」

「這樣啊。很痛苦的委託對吧。」

委託的母親和她亡故的孩子幾歲，以及這樣的委託碰巧同時有兩件，這兩件事步美都沒說，但舅媽卻難過地臉色一沉。

洗完盤子後，關起水龍頭。

步美心想，這確實是很痛苦的委託。

在月夜下，他使用鏡子與死者展開交涉，兩項委託的死者都同意要「見面」。小笠原時子想見的女兒瑛子，一聽說母親想見她，顯得又驚又喜。

——還是先對瑛子展開交涉比較好。

為了實現重田夫婦的願望，步美自己也必須先作好心理準備才有辦法叫喚年幼的芽生。

芽生出現時，與她過世那天拍的照片一樣，同樣穿著那件方格子圖案的吊帶褲。周圍滿是鏡子刺眼的強光。

也不知道芽生是否知道自己已經死了，她見到步美時，一臉困惑，就像怕生似的，東張西望，像在找人。

步美馬上明白她在找誰。

「——重田芽生妹妹。」

在步美的這聲呼喚下，之前一直默不作聲的芽生突然望向他，舉起手喊了一聲「右！」，這次改為是步美被她的氣勢震懾，可能是她在幼稚園回答問題時，都會像這樣吧。充滿活力的聲音。

「妳想見媽媽嗎？」

面對步美的詢問，她再度扭扭捏捏，沉默不語。雙手負在身後，隔了一會兒才點了點頭。

5

預定展開兩場會面的滿月之日，似乎會是放晴的夜晚。

在擔任使者的日子，步美往往會情緒紛亂。雖然使者終究只是旁觀者，但既然身而為人，總還是會受委託人的心情所影響。不論是引領期盼重逢之夜的到來，還是心情沉重的等候，全都一樣。

委託人與死者的會面，還在前些日子與那兩位委託人見面的飯店，分別在不同的房間進行。步美與重田實里約六點半見面，十五分鐘後與小笠原時子見面。

那天中午，步美為了正在製作中的烏龜造型玩具，而造訪長野的雞野工房。顏色的挑選終於敲定，為了商品化而進入最終調整階段。

「啊，澀谷。已經做好了，正等你來呢。」

頭上纏著手巾的師傅走出，開心地笑道。「喂，澀谷來了哦。」他朝妻女們叫喚。

步美回應一聲「謝謝」，對於自己在這裡也像在杏奈家一樣受歡迎，感到很開心。

「啊，澀谷先生，歡迎啊。」繫著圍裙的女兒奈緒走來。

——步美沒有家人。

自從小時候同時失去雙親後，他便在叔叔嬸嬸家和祖母同住。

步美就讀大學時祖母過世，出社會後就此搬離叔叔嬸嬸家。如今前去拜訪，過去長年和他同住的叔叔一家人還是當他跟自己家人一樣歡迎，一起聊對祖母的回憶。步美很喜歡他們，但不是步美在找藉口，他總覺得那裡是他們家，不是他的家。要很肯定地說他們是一家人，心中還是不免感到猶豫。

對步美來說，能讓他覺得是「家人」，而不會有半點排斥的，或許就只有祖母愛子了。

而愛子的死，是在他作好心理準備下的別離，而且過去他們之間有過充分的交談。或許日後某天會有「想見奶奶一面」的念頭，但現在還不想。

每次接受「想和已故的家人見面」的委託，總會不由自主地套在自己身上去思考，不過這也是這幾年才有的事。過去他明明都不會回想自己的家人，說來也真是不可思議。

與師傅和老闆娘討論完畢，正在確認發售前的時間表時，他發現奈緒自從一開始端茶來之後，便沒再露面。

她在雞野工房裡的工作是會計和庶務，不像她父母一樣是工匠。雖然就算她沒參加討論，也不足為奇，但是從試作階段她便一直參與討論的這項商品，她總會出席參與討論，所以步美有點在意。

仔細想想，雖然會聊到工作的事，但他對奈緒的事一無所知。不論打電話還是寄郵件，他都只知道工房工作專用的電話和信箱。

「後續要再麻煩你們了。奈緒小姐她……？」

將資料收進包包裡，準備離開工房時，他向師傅詢問，結果師傅一臉歉疚地搔著頭。

「啊，抱歉。她有點事。」

看他那含糊其詞的口吻，步美也就不好再細問。

向師傅他們為今天的事道謝告別後，步美正準備前去搭巴士前往車站時，從工房後方傳來一個聲音說道「總之，妳先調整一下心情吧」。是剛才與他道別的師傅發出的聲音。

因為感到好奇，步美悄悄查探情況。奈緒和師傅人在窗戶裡面。照樣子來看，不太像他們平時的模樣。

奈緒手邊擺了一個沒看過的木製玩具，那不是步美的公司委託的商品。因為有一段距離，看不清楚，但似乎是仿照某種動物做成的積木之類的試作品。奈緒不發一語，緊握著它。師傅又跟她說了些話，奈緒這才抬起頭來。

看到她的表情後，步美吃了一驚。奈緒緊咬嘴唇，眼中不見她平時的開朗。

看到她的神情後，步美覺得自己不該再待下去。他急忙抽身。奈緒似乎朝父親說了些什麼。雖然很好奇，但為了避免自己無意間聽到他們的對話，步美急忙離開那個地方。

似乎看到了不該看的場面，步美對奈緒和師傅覺得很抱歉。

6

在約見面的飯店大廳，重田夫婦這次同樣連袂出席。

只有一個人能和死者見面，這個規則他們應該很清楚才對。他們兩人只有妻子實里朝步美跨出一步，向他行禮說道「有勞您了」。

丈夫說他今晚直接就在飯店大廳等妻子下樓。

「這樣沒關係吧？」

在彰一的詢問下，步美點頭應道「我明白了」。

他拿出為了讓他們重逢而準備的房門卡交給實里，說了一聲「那我們走吧」，正準備替她帶路時，目光停在某個東西上。

他心中發出一聲驚呼，雖然還不至於被他們發現，但還是忍不住瞪大眼睛。

「那就待會兒見了」、「嗯」。重田夫婦展開簡短的交談。看得出實里靜靜地將附在包包上的鑰匙圈垂掛在包包內側，讓它不易讓人瞧見。

他們的女兒芽生等候的房間，是八樓的八〇五號房。

在飯店的房間裡，步美留芽生自己一個小孩在房間裡，並對她說「我去叫妳媽來」，雖然明白她已不是陽世之人，但還是不免心痛。他想早點帶實里過去。

電梯來到八樓。

「令嬡在等妳。」

「是。」

實里回答時，嘴脣在顫抖。

過了一會兒，小笠原時子出現在同樣的飯店大廳裡。

今天她同樣給人時髦的印象，穿著和上次不同圖案的女性襯衫。她的頭髮比上次見面時又短了些許，她笑咪咪地說道「我刻意打扮了一下」。

等候妻子歸來的彰一可能是到交誼廳去了，不在這附近。

雖然沒規定委託人彼此不能碰面，但沒讓他們打照面，還是暗自鬆了口氣。

時子還是一樣話多。

「明天黎明時分，我家裡的人說會來接我。我說我自己可以回去，但他們還是不放心。這樣沒關係吧？真是不好意思。」

「完全沒問題，有人來接您自然再好不過。」

站在步美的立場，與死者見面後，讓時子自己一個人回去，他也有點掛心。平時向來都是步美獨自一人等候，但照現況看來，明天大廳的氣氛恐怕會變得不一樣。

時子的女兒瑛子等候的房間，是十六樓的一六〇三號房。

他把房門卡交給時子，帶她前往電梯。

「真緊張。」

走進電梯後，時子說道。聲音聽起來不像在對步美說，倒是像在自言自語。

「昨天我一直睡不著。很緊張。」

「令嬡在等您。」

抵達十六樓後，步美在電梯間前與時子道別。

他看到時子站在房門前，一度閉上眼睛。步美一直在旁邊守候，直到她緩緩插上房門卡，打開房門。

7

說來也真不可思議，昨晚她沒作那個沉入水中的夢。

重田實里做了個深呼吸。

就是明天了，可能是想到這點太過興奮的緣故。但她沒失眠，一躺到床上便沉沉入睡，連她自己也覺得意外。感覺已好久沒像這樣了。

她打開芽生等候的房間大門。

走進房內，馬上發現有個小小的人影正望著門口。

她望向對方。

是芽生。她正抬頭仰望著實里。

和她過世那天一樣，穿著紅色方格子圖案的吊帶褲，綁兩束辮子，小臉往上抬。

——她還活著。

實里看了一眼，頓時無法言語。

是芽生。

真的是那孩子，和那天一模一樣。

「芽生。」

出聲叫喚後，孩子的臉為之一亮。

「媽！」

芽生大聲喊道，朝她臂彎裡飛撲而來。這時，她再也無法按捺自己的情緒。她表情扭曲，將女兒緊擁入懷。

那是一種「原來妳在這兒啊」的感覺。

就像那天走失的女兒，最後終於找到了，她雙手緊擁女兒溫熱的身軀。

女兒從水裡打撈起來時，臉頰蒼白，嘴唇毫無血色。芽生的死狀，她未有一日稍忘。

女兒溫暖的身體，睜開眼睛的模樣，令她無比開心，就像好不容易才在水裡抓到這孩子一樣，實里放聲大哭。

「對不起。」這句話脫口而出。

今日前來相見的芽生，不知道她對自己身上發生的事了解多少。甚至連她知不知道什麼是死，都不確定。

實里原本打算絕不道歉，也不提及那起意外，但最後還是辦不到。

「對不起，芽生。媽媽沒看好妳。」

我一直……

「我一直都想陪在妳身邊。」

她用力抱緊芽生，芽生就像以前一樣，只要抱她太久，她總會很排斥地低語一聲「我不要抱了」。

那聲音同樣令人懷念。

雖然懷念，但是這聲音就像一直到昨天為止都在這兒似的，直接傳進耳中。「對不起」，實里又笑著說了一次。雖然嘴巴道歉，卻還是一樣沒鬆手。

「讓媽媽抱一下。」

她這才拭去奪眶而出的淚水，望向芽生的臉。芽生納悶地望著母親，雙眼平靜地眨了眨。

8

在開門前，她一度閉上眼。

小笠原時子手抵胸前。她心跳加速。能順利見到面嗎？她現在益發感到不安。

——為了今天，我反覆練習了很多遍，一定沒問題的。

她極力說服自己，最後拿定主意，睜開眼睛。插進房門卡，打開門。

走進房內，感覺房裡站著個人。她望向對方，接著胸中重重吁了口氣。

女兒瑛子就站在她面前。

是她健康時的年輕模樣。

穿著一襲她最喜愛的連身洋裝。頭上盤起的髮髻，用的不是假髮，而是還沒因為吃藥的副作用而掉髮的真正頭髮。

女兒看到時子現身，也一臉驚訝地摀著嘴。

「媽？」

那年輕又好聽的聲音，叫喚著時子。

從那之後，已經二十多年了。時間停止，一直維持年輕樣貌的瑛子，對她來說，此刻的母親就像童話故事裡的浦島太郎一樣，一口氣顯老許多。

時子已在心中準備好見面時的問候語。她面向瑛子，心裡噗通噗通直跳。

接著她開口道：

「Ich freue mich, dass Du gekommen bist.」（謝謝妳今天來見我。）

瑛子聽得雙目圓睜。

「Wir haben uns lange nicht gesehen. Kannst Du Dir vorstellen? Es ist schon über 20 Jahre her, seitdem Du gestorben bist.」（好久不見了。妳相信嗎？妳已經過世二十多年了。）

瑛子一臉愕然，嘴巴微張，雙眼直視著時子。

時子莞爾一笑。

「Bist Du überrasht?」（很驚訝嗎？）

時子笑得若無其事，但心臟仍噗通噗通跳個不停。瑛子真的聽得懂我說的話嗎，真的讓她大吃一驚了嗎？她接著道：

「Ich kann jetzt ganz einfache Sachen des Alltags auf Deutsch sagen. Ich habe angefangen, Deutsch zu lernen, nachdem ich über 50 Jahre alt geworden bin. Karl, Hiroko undalle andre haben mich unterstützt.」（如果是日常會話，我現在也會說了哦。雖然是五十歲後才開始學，但卡爾和弘子這些周遭的人都替我打氣。）

「Ich bin überrascht.」（……我太驚訝了。）

瑛子這才應道。

女兒回覆的這句話也是德語，時子感受到一股難以言表的喜悅。

瑛子坐向床邊，催時子也一起坐下。她望著母親，又說了一次「Ich bin sogar sehr überrascht.」（真的很驚訝）。

「Warum den das?」（這到底是怎麼回事？）

「Nach Deinem Tod war sehr viel los.」（妳死後，發生了很多事。）

時子瞇起眼睛。

坐向床邊後，手很自然地伸向女兒的手。女兒的手白皙又有彈性，年輕又光滑，無比溫暖，那暖意令她感到胸口一緊。

還好有使者在，賜給她今天這樣的機會，她由衷感謝。

她萬萬沒想到會有這麼一天能和女兒用德語交談。她極力壓抑想用日語說話的念頭，努力用德語溝通。

「妳過世後沒多久，卡爾邀我們去德國。他說『很想讓爸媽也看看我和瑛子一起生活的國家』。我猶豫了很久，最後還是去了。在那裡，我見到很多妳的朋友。」

瑛子發出「哎呀」一聲，注視著時子。時子緊握女兒的手，手指摩挲她的手掌。

「他們都向我道謝。對我說『要是沒有妳，瑛子就不會到這個國家來。妳是讓我們和瑛子邂逅的恩人』。大家都不斷對我說謝謝。」

她喘了口氣，在腦中整理想說的話。雖然在家裡練習過，但日語還是不由自主地脫口而出，令她備感焦急。

與長期在德國居住的瑛子相比，她明白自己的用語拙劣，但還是一邊思考用語，一邊接著往下說。

「雖然很高興，但還是很不甘心。儘管大家都在談我的事，向我道謝，但如果不是有卡爾在一旁告訴我，我根本不懂他們在說些什麼。甚至沒辦法自己開口對他們說『我很開心』。」

「所以妳才學德語？」

「嗯。」

時子頷首。

「我說等回國後，我想學德語，卡爾便說他可以教我。但他平時都在德國生活，而且我也不能一直麻煩他。於是我找弘子商量，找德語老師。」

這方面她也巧遇貴人。

弘子找尋在日本的德國人社區，打電話過去。面對明明沒見過面，卻突然跑來拜訪的這對日本母女，他們開朗且和善地接待。時子告訴他們，自己的女兒長期在德國留學，最後還異國通婚，儘管瑛子已不在人世，但他們聽了之後還是對她說「恭喜」。

在座當中有一位在日本擔任德語教師的男性，後來擔任時子的德語老師。

「我已經五十多歲了，還是能學會德語嗎？」

時子以日語詢問，對方一開始先是用日語回了一句「這個嘛」，接著他思考了片刻，繼續說道：

「一般應該是沒辦法，不過妳沒問題，因為我會親自教妳。」

他用力點著頭。

時子說明當時的情況，然後像是又透露另一個秘密似的，對女兒說道：

「我還去留學呢。」

「咦！妳去留學？」

瑛子再次瞪大眼睛。時子點頭應了聲「嗯」。

雖然只為期半年，但如今回想，那次留學對時子來說，是她一生中最大的冒險。

老師建議她，如果她真的想學會德語，就應該到完全不講日語的德國家庭寄宿。

那個德國家庭笑著說「接受一位年近六十的學生，這還是第一次呢」，對時子多方關照，時子一開始感到怯縮，不太想主動開口說，他們對她說「既然妳想說，就該多開口講」，特別照顧她。他們不斷用德語和時子搭話，毫不客氣，簡直就是採斯巴達式教育，第一個月時子學得暈頭轉向。

「我在德國上的語言學校，除了德國人外，還結交了各國來留學的朋友。有台灣、法國、加拿大、美國的學生，個個都遠比我年輕，但是和他們聊天真的很快樂。」

「……媽，妳竟然自己一個人去德國。」

瑛子驚訝得說不出話來。

「全部都是受妳影響。」

時子應道。

「如果沒有妳，我一定無法作出這樣的決定。」

瑛子沒說話。聽過時子說的德語後，她緩緩轉身面向她。

「媽，我留學時，妳常寄錄音帶給我，記得嗎？妳說因為打國際電話很貴，所以和弘子、爸爸一起錄音，連同書信一同寄來。」

「嗯。那是弘子的主意。妳爸說他會緊張，總是只講一兩句話。」

她想起大家依序把臉湊向錄音機前錄音的事，感覺就像昨天發生的事一樣。如果只是說給瑛子聽倒還好，但在錄音時，會被丈夫和弘子聽到，很難為情，所以時子也會不由自主地說得特別快。

「我一直都聽得很開心。」

瑛子說。那是細細回味過往的口吻。

——「就像昨天發生的事一樣」，時子以此作比喻，但這對瑛子來說，或許真的就只是不久前的記憶。

「雖然現在說有點晚，但還是謝謝妳。」

「……我去德國時，沒人送錄音帶給我。我和妳不一樣，我去的時間短，而且要是有人送我錄音帶，那就枉費我花錢去留學，或許我很快就會想念日本，而跑回國內。就連人在德國的卡爾也說過度依賴不好，他只有一開始到機場接我，之後一直到送我回國之前，都沒來找我。」

「妳和卡爾現在處得不錯吧？」

瑛子瞇起眼睛。

聽到她的聲音，時子猛然一驚。當初瑛子過世時，雖然允許了他們兩人的婚事，但成為家中一分子的卡爾還是覺得立場有點尷尬，與時子他們一家人相處顯得有點生硬。

站在瑛子的立場，想必很牽掛。

「對。」

時子點頭。

卡爾和他們一家人，在瑛子過世後，仍以家人的身分共度了一段時光。時子現在會說德語，證明了他們一起度過那段時光。

「現在我們感情還是很好。每到妳生日那天，他都會送花來。」

「是嗎。」

挑在生日這天送花，而不是選在忌日，這點真的很像卡爾的作風。

「後來他過得怎樣，妳想知道嗎？」

時子躊躇了一會兒後問道，瑛子沉默了片刻。接著她以平靜的聲音清楚地回了一句「Nein.」（不用了）。

「不用問沒關係，他一定過得很幸福對吧，就像媽媽妳現在一切安好一樣。」

這樣的說話方式，還是和以前的瑛子沒兩樣。

雖是自己的女兒，但時子還是忍不住讚嘆，這孩子真堅強。

9

緊摟在懷中的芽生突然抬起頭來。

「媽媽～」聽到她悄聲詢問，實里應道「怎麼啦」，把耳朵貼向女兒嘴邊。

這時，芽生向她問道：

「妳有寶寶嗎？」

實里停住呼吸。

她把臉移開，注視著芽生。芽生笑咪咪地以手掌輕拍實里的下腹。

以前芽生都說她想要一個妹妹，並常會做這樣的動作。她幼稚園有個和她很要好的同班同學，家裡多了個妹妹，所以她常跟實里和彰一說她也要妹妹。

——我妹妹來了嗎？有寶寶嗎？

芽生常早上一覺醒來，便向實里詢問，如果回答「妹妹不會來」，她便嘟起小嘴，露出不滿的表情。

除了輕拍下腹的動作外，她還常會撫摸實里的肚子。當時實里心想，日後要是能實現女兒這可愛的心願也不錯。

實里緊咬嘴唇。若不這麼做，她恐怕又會緊緊抱住芽生那嬌小的身軀，嚎啕大哭。

當時確實還沒有寶寶。

但現在不一樣。

「有哦。」

母親不同以往的回覆，令詢問的芽生大吃一驚。「咦！」她大叫一聲，抬頭望向母親。來回望著母親的臉和肚子。

「有嗎？太棒了！裡頭有我的妹妹？」

「……是妹妹還是弟弟，現在還不知道。」

「咦～芽生要妹妹。拜託選妹妹。」

就芽生來說，或許只是像平時一樣詢問。但聽說小孩子有神奇的力量，在肚子還不明顯的時期，小孩特別會和孕婦親近，還能敏感地察覺出寶寶的動靜。

——失去芽生後沒多久，我便知道有使者的存在，但一直到現在才想委託。

面對這意外獲得的新生命，實里和彰一雖然高興，但也感到不知如何是好。他們還能再擁有自己的孩子嗎？他們可是害死芽生的父母啊。

如果見得到面，就去見芽生吧。提議的人是她丈夫彰一。

妳就連同肚裡的孩子，一起去見芽生吧。實里被賦予這項重責。其實彰一自己也很想見芽生，但因為實里的肚子裡有寶寶，所以才把機會讓給她。

「要摸嗎？」

「要！」

雖然回答得很有幹勁，但芽生只伸出一根手指，像在輕戳似的，輕撫實里的肚子，實里強忍淚水，面露苦笑。

「妳可以好好摸啊。」

「我摸了。她說感覺很舒服。」

也不知她是否真的知道，只見芽生以神氣的口吻說道。

實里朝她喚了一聲「芽生」。

「媽媽可以生下這個寶寶嗎？」

她知道這樣問有多殘酷。向一個還不懂事的孩子問這個問題，要她回答，實里明白這是為人母的任性之舉。但她還是想問。無論如何也要問個清楚。

她讓芽生坐在自己腿上，她扶住芽生的手臂不住顫抖。

「可以啊。」

實里閉上眼，持續良久。

淚水在她緊閉的眼皮裡打轉。

此刻她看到的或許是幻影。真正的芽生並不存在，她現在抱著的這個孩子，也許只是實里圖自己方便，想要看到的幻影。

儘管如此，還是止不住淚水。

「謝謝。」實里說。她將芽生緊擁入懷。

「謝謝妳，芽生。」

「媽，很痛耶。」

芽生雖然喊痛，卻笑得很開心。不斷笑著喊「媽媽、媽媽」。

一直到長夜結束，芽生消失為止，她們一直聊個不停。

她們在床上翻滾嬉戲，刻意不去看時鐘。

「優奈，」芽生對著實里的肚子這樣說道，實里正感到納悶時，芽生說：「這是寅太的妹妹。」講出她喜歡的一個卡通人物妹妹的名字。

「優奈。」芽生一再對實里說。

窗簾外愈來愈亮。

就連在這種時候，她也反射性地心想，啊，我害這孩子熬夜了，得趕緊讓她睡覺才行。後來她才對自己有這樣的想法感到吃驚。

她緊摟著芽生，芽生朝她低語道：「媽，我好睏。」

「那妳睡吧。」實里應道。

這成了她們最後的對話。

晨光透過窗簾照進房內，不知不覺間，感覺臂彎逐漸變得輕盈。漸漸感覺不到重量。

儘管臂彎裡已空無一人，但還留有一絲體溫。感覺那孩子靠過的地方，彷彿全都閃閃生輝，化為溫熱，殘留在她體內。

10

當窗簾外開始透出白光時，瑛子突然改說起日語。

「我沒想到會有和媽媽用德語交談的一天。」

聽到這句話，時子鬆了口氣。

雖然她想說德語，但還是換回說日語，才能不用費力思考，輕鬆對談。也不必再繃緊全身，肩膀緊繃的力氣頓時散去。

「我也是。」時子也改用日語回答。

「要不是有妳，我也不會對德語產生興趣。」

這句話同時有「要是妳沒過世的話」這樣的含義。如果瑛子還活著，現在仍舊健在，也就不會有這天了。

想用德語和已故的女兒對話，這是時子長期以來的夢想。

儘管如此，還是不免會這麼想。比起能用德語交談，她更希望瑛子能待在陽世。希望她能活在世上。

「能和妳見面，我很高興，但其實我真正的願望不是這個。」

「願望？」

「對。雖然絕不可能實現，但我可以說出來嗎？瑛子，妳不是在德國的學會發表過論文嗎？好像是很長的一篇演講。」

瑛子聽得直眨眼。時子繼續說道。

「就是錄進錄音帶裡的內容。後來我聽卡爾說，妳原本打算要寄給人在日本的我們。」

「啊——」

瑛子似乎這才想起，點了點頭。

「嗯。我想寄給人在日本的你們，但後來作罷。原本想告訴你們，我在德國過得很好，所以才錄音，但後來想想，這又不是影片，而且又是專業用語偏多的德語演講，就算寄了，也只會給你們帶來困擾罷了。」

「妳說的這些話，卡爾也告訴了我。他還說，花了這麼長的時間，才將它交到我手上。妳過世後，他找出錄音帶，放給我們聽。」

他們播放錄音帶，丈夫、弘子，大家都聽得很入迷。意思當然聽不懂，但光想到這是瑛子的聲音，就覺得很開心。而學習德語的時子，現在已能聽懂不少內容。雖然專業內容感覺很艱深難懂，但她愈聽愈明白。

如果能實現一個願望的話——她一直想著這件事。

「如果願望能實現的話，我希望能親眼看妳演講。就算我這一輩子都不會講德語也沒關係。我就只想看妳發表演說的模樣。這是我唯一的願望。」

窗外的白光愈來愈亮。

啊，清晨就快到來了。

時子睜大眼睛，強忍著不眨眼。哪怕是多一秒也好，她祈求能牢牢將眼前瑛子的模樣烙進眼中。

她今年七十四歲。

或許也快到另一個世界去了。所以她無論如何都想讓瑛子知道，她學了些什麼。並告訴瑛子一聲，這都是託她的福。

「真的很謝謝妳，瑛子。」

瑛子的身影逐漸變得模糊。瑛子面露微笑說道：「我才要謝謝妳呢，媽。」

「Danke, dass Du gekommen bist.」（謝謝妳來見我。）

瑛子的身體逐漸消失。時子不清楚是這孩子真的消失，或者只是她肉眼看不見而已。

時子衷心覺得，能見到她真是太好了。

瑛子最後說了一句話。

「Auf Wiedersehen.」（下次再見。）

時子眨了一下眼。

就在這瞬間，瑛子的身影從她眼前消失。悄靜的房內，晨光一直延伸到床上。

在空無一人的房間裡，時子獨自低語。她以日語叫喚道：

「好，下次再見。」

11

上午五點多時，飯店大廳出現一名女性。

是身材纖細，穿著長褲套裝，年約四十的女性，有著細長的雙眼，長得很別緻，步美一看到她，便明白她的身分。

果然對方的目光也停在步美身上，默默向他點頭致意——她應該是小笠原時子的女兒，瑛子的妹妹，弘子。

她默默坐向大廳裡的一張椅子上。步美猶豫該不該重新向她問候，不過最後他還是決定一起等時子下樓。

大廳裡還坐著重田實里的丈夫彰一，他也在等妻子下樓。他整晚都不發一語，甚至對步美連看也不看一眼，雙手合十擺在面前，一直靜靜坐著，就像在等時間到來。

六點一過，重田實里率先搭電梯來到大廳。

彰一很快便發現妻子的到來，比步美早一步從沙發上站起身。因為看到他的動作，步美也急忙望向電梯的方向。

一看就知道重田實里淚流滿面。不是剛哭過，而是到現在仍在流淚。

彰一看到妻子的模樣，說不出話來。就像妻子的表情觸動了他似的，他的雙眼也逐漸泛紅。他叫了一聲「實里」，摟住妻子的肩膀。

「我見到芽生了。」

實里說。

她拿在手中的包包，掛著一個寫有「我肚裡有寶寶」的孕婦標記鑰匙圈，正不住搖晃。她上樓時藏在包包內，現在則是露在外頭。

「這樣啊。」

彰一摟著妻子的肩膀，如此說道。他的聲音微微顫抖。兩人維持這個姿勢不動達半晌之久。接著實里以手帕抵著眼睛，抬起頭望向步美。

「謝謝您。」

她說這話時，已沒流淚。接著她轉身面向步美，和丈夫一起並肩而立，向步美行了一禮。

「真的很感謝您。」

「哪裡。」

步美應道，帶著他們兩人來到服務台前的沙發。坐下後，實里看起來已平靜許多。

就在這時——

「媽。」

聽到這聲叫喚，步美回身而望。心中一驚。

比重田實里晚了一會兒，小笠原時子也走出電梯。弘子向她奔去。

同一天的委託人在結束會面後遇在一起，這還是第一次。步美一時間不知該去哪一邊好。正當他呆站在兩組委託人中間時，時子似乎沒注意到步美，開心地朝女兒喚道「哎呀，弘子」。

「妳來接我對吧。謝謝妳。」

「媽，妳也真是的，整晚熬夜不要緊吧？會不會覺得睏？」

「我沒事。妳知道的，我是個徹底的夜貓子，比妳還嚴重。」

從她們對話的輕鬆口吻，可以充分看出兩人的母女關係。在弘子的帶領下，兩人走向重田夫婦身旁的寬敞沙發。

「啊？」

時子的目光停在已坐向沙發的重田夫婦。

剛才還淚流不止的實里，此刻已平靜許多，不用丈夫攙扶，自己坐得很端正。

時子眼鏡底下的雙眼，以無比溫柔的目光望著重田夫婦。不知道為什麼在這時候會發生這種事。只見她對實里說道：

「您肚子裡有寶寶是嗎？」

時子的目光停在實里掛在包包上的孕婦標記。突然有人向自己搭話，實里驚訝地睜大眼睛，望向時子。

「真好。請務必要生下一個健康的寶寶哦。」

或許是與女兒重逢的亢奮，才讓時子說出這樣的話來。她這個年紀的人說這番話，聽起來特別自然，不會讓人覺得不舒服。

實里聽聞此言，微微咬著嘴脣。

她開口回應。想必她也同樣內心激動吧。

「……我沒自信。」

步美和她的丈夫彰一都不敢動。實里一臉愁容地抬頭望向這位素未謀面的老太太，接著說道：

「我沒自信。我這樣的人真的可以當媽媽嗎？」

時子原本的表情從她臉上消失。感覺得到站在她身旁的弘子同樣也屏住呼吸。

但緊接著下個瞬間，一個令人吃驚的開朗聲音，響遍整個大廳。

「不會有事的。妳一定沒問題！」

是時子的聲音。

很像她的風格，一個無比開朗的聲音，就像白天的太陽一樣。時子就這樣伸手輕拍實里的肩膀。

「如果像我的話，那可就教人擔心了，但若是你們的話一定沒問題的。真教人期待呢。」

她這番話應該是沒任何根據。但話語中卻帶有雄渾的力量，說來還真不可思議。

「媽，好了啦。」弘子在一旁提醒母親。

「這樣會讓人覺得困擾。我們走吧。」

「哎呀，真是抱歉。」

時子與女兒並肩離去。她似乎還是沒注意到步美，傳來她對女兒說「我想喝水」的聲音。她就此從沙發前走過，走向櫃台附近可以喝水的交誼廳。

步美看傻了眼，就這樣望著他們展開交談。半晌過後，祖母說的話才從他心底浮現。

使者與委託人能否聯繫得上，一切全看「緣分」——

這兩位母親剛才那短暫瞬間的邂逅，是否也是「緣分」，他不知道。不過，正因為是今天，所以才促成這短暫的交談，這應該具有某種含義才對，步美希望能這樣看待。

時子和女兒弘子親暱地朝交誼廳走去，「我想直接去吃早餐」，傳來她們的交談聲——也許時子已忘了步美。不過，也可能是看起來很機靈的弘子，見重田夫婦與步美在交談，刻意貼心地這麼做吧。

待會兒再去跟時子好好問候吧。

步美回到重田夫婦身邊後，他們兩人仍望著時子她們母女。實里開口道：

「那位太太有個這麼出色的女兒，沒想到也會這麼想。」

聽到她的低語聲，彰一應了聲「嗯」。

並不知道時子其實還有另一個女兒的這兩人，一臉崇拜地朝時子她們看得出神。而他們兩人也一樣，看在不知內幕的人們眼裡，只會覺得他們是感情和睦，期盼孩子出世的夫妻。

耀眼的陽光傾注。在明亮的飯店大廳裡，步美抬頭仰望。

他誠心祈禱，和這兩位母親見過面的芽生和瑛子，這兩位「長女」，能在某處看到現在這幕光景。

獨生女

——如果是他，不知道會怎麼做，心裡想著這些事，甚至希望能挨他們罵，每天都過著這樣的日子。

1

「這個樣子，小孩子不會喜歡的。」

聽到這突如其來的聲音，步美從文件中抬起頭來。

仔細一看，雞野工房的師傅手裡拿著某個東西。是個小狗造型的木製玩具。

他發現步美的視線後說道「你看這個」，將它高高舉起。一旁似乎設有發條機關，師傅將它轉緊後，小狗的腳發出「嘰——」的聲響。放在寬敞的桌面上後，小狗朝前面走了兩步。

「這是新產品嗎？」

這不是步美上班的「積木森林」所經手的商品。

他是自己帶著設計圖到雞野工房與他們討論，不過也有很多人是看中他們的技術，只請他們製作玩具。當中也有人委託師傅全權設計商品，開拓通路，但並不多。不過，師傅承接這些工作，他所作的企劃和玩具個個都是傑作，步美愛不釋手。事實上，它們也都成為持續熱賣的商品。

木製玩具說來簡單，但由誰來製作，重視何種質感，都會為商品帶來很大的不同。以孩童為訴求的產品，不管怎樣，首重表裡如一。做工好的產品，孩子喜愛的程度打從一開始就不一樣。大家喜歡的東西，就是會受歡迎，沒人選的東西就是沒人會選。比起不斷製造新產品，最後還是長銷商品比較受歡迎，這就是這個業界的常態。

師傅手中的小狗，渾圓的體型很可愛，還附上一條可以讓小小孩牽著走的牽繩。剛才它的動作也不錯，但總覺得哪裡不太對。該怎麼說呢，感覺步美眼中的「雞野工房風格」變淡不少。

「要說是新產品的話，也算是啦，不過澀谷老弟，坦白說，你怎麼看？」

經他這麼詢問，步美應了聲「這個嘛……」陷入思考。他原本正在給工房寫訂貨單，這時就此停筆，從師傅手中接過玩具狗，仔細端詳。

「剛才的動作，是停止後動個幾下，然後再停止，又動個幾下，有它的規律性，但動作再慢一點或許會比較好。因為以兩、三歲的小孩來看，以視線追著玩具的動作跑，會比較樂在其中。」

「就說吧。」

「再來是……啊，這個尾巴。」

小狗的尾巴前端有顆球。因為是以繩索和玩具本身連接在一起，所以要是脫落的話，或許球也不會滾走，但還是教人在意。

「要是能由我們公司來處理的話，這個尾巴非改掉不可。因為小小孩有可能會誤吞。」

孩子的玩具首重安全性，其次才是設計。從事這項工作近兩年，這一直是他被灌輸的觀念。就連在經手積木玩具組時，對於有誤吞危險的球狀物體，在考慮是否要納入玩具組裡的這個階段，就必須檢討其可行性。

因此，步美感到擔心。雖然這玩具附上繩子，但小小孩根本不會管這麼多，什麼東西都會往嘴裡送。如果是這樣，就算會降低設計性，也還是把尾巴拿掉比較好。

正當他心想，這不太像是師傅會犯的疏忽時，師傅搔著頭低語道：「說得也是……這也是重要的課題。」

難得師傅會用這樣的口吻。可能是因為有工匠的驕傲，他對自己的作品總是充滿自信，就算與步美在商品化的過程中意見相左，他也絕不會堅持自己的產品「要像這樣才對」。製作者確實可說是產品的生母，但每件產品都是獨立的孩子，要尊重其特性。師傅是會說這種話的人，這點頗受步美尊敬。

「啊，可是……」

步美突然對手中的玩具狗感到憐惜，馬上開口說道：

「這隻小狗的臉蛋很溫柔，木紋給人的感覺也很棒。孩子當然會喜歡，而真正花錢買的母親們，看到它這麼好的設計感，一定肯買的。而且它腳部的接合處，動作也很流暢。」

「不，你不用安慰我了，沒關係的。這個得重做……或許應該說要作廢吧。」

「是嗎？」

以步美來說，這並不是馬後炮，而是真心這麼認為，但師傅卻不斷搖頭，笑著說道：「抱歉，打擾你工作了。」

「不會……」

雖然嘴巴上這麼說，但他的目光還是不經意地望向師傅位於工房角落的工作桌。上頭擺著用色鮮豔的方塊拼圖，以及鯨魚形狀的手推車，不知何時多了許多步美沒見過的木製玩具。這些全是新產品嗎？每個看起來都頗具巧思，可以馬上商品化。

「師傅，這些全部都是你做的嗎？」

「咦？」

「不好意思，我是說你身後那些玩具。」

「哦……」

師傅發現步美的目光後，隨手拿起一片方塊拼圖。用色多樣的方塊，如果嵌起一旁的木框內，便能藉由面與面的組合，做出自己喜歡的圖案，例如帆船、屋子等。類似的拼圖，步美的公司也有經手。記得那好像是瑞士公司的產品。

「如果你們還沒確定買家的話，可以由我們公司買下這個方塊拼圖嗎？還有，旁邊的Kugelbahn也很棒呢。」

Kugelbahn是德語，是名為「滾珠台」的玩具，以彈珠放在木製軌道上滾動來遊玩。師傅朝它瞄了一眼，接著一把抓起方塊拼圖，低語道：「圖確實畫得不錯。」

「那麼，也許近日會與你洽談這件事。雖然不知道結果會怎樣，但到時候就請多多幫忙了。」

「好的，沒問題。」

「更重要的是，今天要先完成澀谷老弟第一次設計的作品。就快完成了，真教人期待。」

「是啊！」

步美輕撫擺在桌上的烏龜玩具。綠色的龜殼，底下的部位微微浮起，可用手讓它轉動，這玩具是從幾個月前開始，步美和雞野工房一同推動的新產品。原本一直很猶豫該用什麼顏色好，與師傅、社長商量，甚至還徵詢杏奈的意見，最後才敲定用綠色。

如今發售在即，今天是前來答謝，並討論今後的合作方向。

「很期待能看到自己的作品在店頭販售對吧。」

「是啊。與其說期待，不如說是感到難以置信。」

如果擺在店頭販售，到時候再Mail照片給雞野工房的師傅、老闆娘，還是他們的女兒奈緒吧。工房過去應該推出過無數商品，步美對自己第一份設計的感動，或許只會對他們帶來無謂的困擾，但步美還是想這麼做。之所以能走到這一步，全都是託雞野工房的福。

「澀谷老弟，你說過，其實不光設計，就連製作，你也希望自己日後能夠一手包辦，這話是說真的嗎？」

「是真的。」

剛踏進這個業界時，他曾在師傅面前這樣說過。步美心想，難道自己是在擁有多年資歷的工匠面前講了不得體的話嗎？他冷汗直冒，急忙道歉。

「竟然在師傅面前講了這麼不知天高地厚的話。我當然也明白，製作是很不簡單的工作。像我這種經驗淺薄的菜鳥，當然不可能馬上做到這點，不過……」

「不，澀谷老弟，我認為你有才能。」

師傅很直接地說道。步美聽得瞪大眼睛，幾不成聲地發出「咦……」的一聲驚呼，師傅再度拿起剛才那隻玩具狗。

「這玩具的缺點，你也是一眼就看出來了。才能這種東西是很殘酷的，有才能的人，就算沒需要，也還是有才能，但有人就算有這個需要，沒才能就是沒才能。從事這項工作讓我明白這點。有些事能靠努力和練習來彌補，但如果起跑點不一樣，任誰也無法改變。這或許就是才能，或者是品味吧？澀谷老弟，你的品味出眾。」

步美就像腳下踩著棉花似的。一股喜悅之情像顫抖般從腳踝往上湧，令他失去腳踏地面的感覺。

——實在太高興了，感覺光是聽了這句話，就能多活好幾年。

「謝謝您的讚美。」

他道謝的聲音聽起來很遙遠，於是他又說了一次。

「師傅，真的很謝謝你。」

「你不排斥的話，我可以教你製作的方法。當然了，還是像之前一樣，以『積木森林』的工作擺第一優先，但如果是像今天這樣，很快便討論完畢的日子，要不要試著在我這裡玩玩木頭啊？」

「可以嗎？」

步美的聲音整個高了八度音，身子前傾。

師傅或許只是隨口說說。見步美有這麼大的反應，他似乎嚇了一跳，身子往後收，點頭應道：「可、可以啊。」

「只要你願意的話。你也知道的，我們是只有家人在經營的一家小工房，而且我也沒收徒弟，你不嫌棄的話，就盡量使用吧。」

「我太開心了，謝謝你。」

步美站起身，彎腰鞠躬。他覺得不管再怎麼感謝，也無法表達心中的謝意。師傅突然呵呵笑道：「你太誇張了啦。」

「……澀谷先生也曾在我這兒玩木頭呢。做出各種組合，並常和我討論裝潢用的椅子或層架。」

師傅說的是「澀谷先生」，而不是他向來稱呼步美用的「澀谷老弟」，這聲音令步美挺直腰桿。他指的是步美的父親，澀谷亮。

每次到雞野工房來，總會有種不可思議的感慨。幾乎不存在於自己記憶中的父親，在這裡卻以工作夥伴的姿態活在人們記憶中。師傅的獨生女奈緒比步美大三歲，她告訴步美，步美的父親曾經折紙送她。

身為室內設計師的父親所做的椅子，至今仍留在工房內。整張椅子滿是日曬痕跡，椅背有細微擦痕的這張椅子，看得出長期以來頗受鍾愛，每次看到它，步美心裡總是很高興。

「其實我很想把你挖角過來當徒弟，但可惜我沒那麼多錢。」師傅以開玩笑的口吻笑著說道。「因為我無法開出像『積木森林』那樣的高薪給你。」

「這隻烏龜我也很喜歡。一定可以大賣。」

師傅以指節粗大的手指溫柔地輕撫步美第一次設計的那隻烏龜龜殼。

就在這時，從工房深處傳來奈緒的聲音喚道：「爸～」

「什麼事？」

奈緒走進工房。夕陽從位於森林裡的工房窗戶照進屋內，使得她綁馬尾的頭髮看起來略微散發褐色光芒。她望著步美，嫣然一笑。「打擾了。」接著望向父親。

「媽媽說，如果澀谷先生方便的話，請他留下來吃頓便飯。她正準備炸天婦羅。」

師傅轉頭望向步美。面對他們的視線，步美就只猶豫了片刻。像這種時候，會因客氣而婉拒，就只有剛來這裡的第一年。「客氣反而會給人帶來困擾」，聽他們這樣說之後，心情變得輕鬆許多，現在他時常會順從他們的好意。

「那我就不客氣了。」

聽步美這麼說，師傅朗聲大笑道：「這樣才對嘛。」

「澀谷先生，真是不好意思。這樣會害你回程時搭新幹線的時間變得更晚了。」

奈緒一臉歉疚地說道。

「因為我爸真的很喜歡你，所以才忍不住邀你一起吃飯。」

「對啊。這一帶的溫泉不錯哦。你可以去泡泡溫泉，順便過夜吧。」

「不不不！這就恕難從命了。」

步美極力搖頭。奈緒和師傅笑盈盈地望著他。

2

這是步美第一次著手設計的新產品。

烏龜玩具陳列於公司附近的商業設施K-garden的店面裡。步美向店家拜託，今天他直接送貨到店裡。

前幾天，裝在雞野工房紙箱裡的烏龜玩具送到「積木森林」事務所，他在拆包裝時，雙手緊張得微微顫抖。

包在緩衝材裡的每一隻烏龜，臉部都可愛極了。步美從來都不知道，開心竟然會讓人感到胸口緊縮。

真想讓杏奈也瞧瞧。

他想帶去常照顧他的秋山家，讓杏奈的父母也欣賞一下。還有在他上大學前一起同住過的叔叔、嬸嬸，以及堂妹朱音，也想讓他們看看。

而他最希望的，是讓已不在人世的奶奶愛子也能看到。

小時候每當看到漂亮的景致，就會希望奶奶也能瞧見。想讓別人也瞧瞧的這份心，如今細想，那是步美為了自己才有這個念頭。現在他才發現，他其實是想和自己喜歡的人一起共享漂亮的景致。

他這才想起，人們在真的很開心時，會想讓自己喜歡的人也能看見。

他設計的烏龜就陳列在店頭。

「我可以拍照嗎？不好意思，我想傳給負責製作的那家工房的人們看看。」

「當然可以，請。」

「謝謝。我可以在『積木森林』的網站刊登這些照片嗎？」

步美握著手機拍了好幾張照片，店員面帶微笑，同意拍照。

這時，已轉為相機模式的手機，突然響起電話鈴聲。螢幕上顯示是「伊村社長」來電。

不知道為什麼，此時的步美有不祥的預感。

這種事沒有道理可說。也許是因為顯示的不是公司的電話號碼，而是社長的手機。剛才步美到公司時，社長還沒到公司。首先從步美腦中掠過的念頭，是他確定現在應該不會有工作上的緊急要事，不知為何，接著浮現他腦中的，是有人遭遇不幸的可能性。

抱歉，我離開一下。他向店員知會一聲後，接起電話。

『澀谷嗎？方便講話嗎？』

伊村社長從電話的另一頭傳來的聲音，感覺很僵硬。確認這點後，感覺似乎有什麼等在後頭，令人覺得可怕。所以步美決定裝作不知道。只要以輕鬆的口吻回答，或許就能擺脫那討厭的預感。

「可以啊。怎麼了嗎？」

社長像是強忍痛楚般，傳來他深呼吸的聲音。接著他對步美說：

『雞野先生過世了。』

步美一時間不懂這句話的含義。

明明心裡想著「聽不懂」，但握著手機的手卻瞬間失去感覺，就像額頭遭到一記重擊般，世上突然萬籟俱寂。

咦！他像吶喊似的反問聲，因為莫大的衝擊，一時間延遲了片刻，在腦中迴響。一旁的店員因他這聲大喊而全身一震。她驚訝地望著步美。步美這才明白，自己似乎在不知不覺間，大聲地喊了出來。

——為什麼？雞野先生是指工房的師傅嗎？這到底是怎麼回事？

聲音從喉嚨衝出。明知這不是可以開玩笑的內容，但他還是姑且一問。

「社長，這不是真的吧？」

詢問時，他的聲音在顫抖。伊村社長就像是在呼應他的詢問般，為之語塞。

接著社長應道，是真的。

雖然難以置信，但確實是真的——社長說。

步美馬上望向店內的展示架，抬頭朝剛才他為了給師傅看而特地拍下的烏龜玩具望去。他想起昨天雞野工房的紙箱送達，裡頭的玩具包裝得很用心。

上次見面討論，不過才兩個禮拜前的事。步美還走進他們住家，厚著臉皮接受他們的晚餐款待。但現在……

真不敢相信。

當時師傅還笑得那麼開懷，那麼有活力。

伊村社長說，他是死於心臟病發作。

社長在電話的另一頭接著說，雞野先生從以前就有這個老毛病。

3

伊村社長和公司的同事們一起站在守靈的隊伍中，朝設有祭壇，頻頻傳來誦經聲的大廳前進。

喪禮不是在自己家中舉辦，而是設在雞野工房附近的一家葬儀社。

儘管出社會後常參與各種婚喪喜慶，但已有好一陣子沒繫黑色領帶了。出席守靈或喪禮這類的場合，自從大學時代祖母過世後，便沒再遇過。

儘管排在長長的隊伍中，但步美卻仍覺得自己像是被重重擊倒在地。

我到底都看到哪兒去——他心裡有這種感覺。

雞野工房的師傅，似乎原本就有心臟方面的宿疾。

「那是從他四十多歲起，便一直陪伴他的疾病，不過聽說他平時都會服藥，沒什麼大問題……」

聽伊村社長這麼說，步美大感錯愕。

因為他完全不知道這件事。身為玩具製作的負責人，常受他們關照，還多次因為工作的緣故造訪工房，但他卻完全不知情。

不，是他們不肯告訴他。

因為社長知情。師傅告訴年紀相近的社長，對步美卻是隻字未提。

——我想，這對我的工作不會有任何影響。

師傅以他平時那爽朗的笑臉對伊村社長說這番話的模樣，浮現步美腦海，就像親眼所見一樣。師傅向社長坦言一切，對步美卻一概不提。可能是因為步美還年輕，只是個經驗尚淺的菜鳥。

還不夠可靠。

步美如此暗忖，心中只有無奈。

但只要稍微動腦想想，不就能明白了嗎。

師傅不論是在家吃飯、帶步美去輕井澤附近的餐廳，還是去蕎麥麵店，用餐後都會服藥。這些步美全看在眼裡，但他沒特別放在心上。

師傅已年近六旬。步美認為，就算他固定吞服一兩種藥，也沒什麼好大驚小怪的，所以也就沒過問他吞的是什麼藥。

——但關於我的事，他卻問了那麼多。

想到這裡，便覺得很不是滋味。

身為師傅工作上的客戶，他的不成熟遠超出他自己的想像，他有種被迫面對現實的感覺。

而他的對象也不光只是師傅一人。

在幾乎沒停下來喘息的持續誦經聲以及焚香的氣味下，他差點無法動彈。但還是一步一步往前走，保持一定的間隔，逐漸來到隊伍的前頭，奈緒的臉出現在他眼前。老闆娘就站在奈緒身旁。正面可以望見師傅的遺照。

遺照裡的師傅，並非是遺照常見的西裝打扮。他穿著工房的作業圍裙，臉上泛起步美也曾經見過的爽朗笑容。

這不是事先就準備好的照片——步美看出這點。

師傅的笑臉，感覺像是從平時抓拍的照片裡挑出一張來，在眾多的鮮花以及嗆人的焚香輕煙中，看起來特別顯眼。

關於師傅心臟的老毛病，聽說老闆娘、奈緒，以及師傅自己，也都沒料到情況會這麼嚴重。

得知師傅死訊的隔天，步美和伊村社長火速趕往輕井澤的雛野工房。雖然想到前往或許會對他們家人帶來困擾，但他想看看有什麼是他能幫得上忙的，更重要的是，他很擔心老闆娘和奈緒。

傍晚時分的雛野工房一片悄靜。

明明來了許多人，可能是他們的親戚，但屋內卻一片死寂。

走進屋內後，和平時一樣聞到木材的香氣。

從工房內探頭的奈緒，看見伊村社長和步美。

「澀谷先生。連社長也來啦。」

奈緒的臉色蒼白。她臉頰的顏色，感覺已超越了白，來到趨近透明的程度。一看就知道流過不少淚。

弔唁該說什麼問候語，步美知曉。

請您節哀順變。這事先準備好的台詞，此刻卻卡在喉中出不來。他覺得自己若是用這種太過正經的口吻，之前辛苦建立起與師傅的距離，以及和奈緒的距離，將就此拉大。

「奈緒小姐……」

他緊緊咬牙，不發一語，深深一鞠躬，這時老闆娘從奈緒身旁現身。老闆娘也一樣，明明才幾天沒見，但整個人的體型感覺一口氣變得瘦削許多。她眼眶泛紅。

「請進來見見他吧。」

老闆娘說。

「你方便的話，請看一下雞野最後一眼。」

面對從醫院送回家中的師傅遺體，步美再也無法壓抑自己的聲音。他忍不住大叫一聲「師傅」。眼眶發熱，喉嚨顫抖。不過，師傅看起來就像是沉睡一般。彷彿隨時都會坐起身，對步美他們說：「怎麼啦？」或者是真正的師傅出現在步美身後，然後朝他罵道：「喂，別人在睡覺時，別這樣盯著瞧。」

沒聽到師傅說這些話，真教人難以置信。

「他總是說，雖然這是會跟他一輩子的毛病，但也不會突然病情惡化。」

老闆娘如此說道，伸手搭向橫躺的師傅胸前。她的眼中有厚厚一層淚膜。

「萬萬沒想到他會走得這麼突然……」

說到這裡，老闆娘說不出話來，當場淚崩。奈緒喊了聲「媽」，輕撫母親的背。她自己應該也很想哭，但她看起來很堅強，至少陪在母親身旁的這段時間，她完全沒流淚。一幕教人看了心痛的光景。

「澀谷先生，謝謝你的探望。」

走出工房時，奈緒喚住了他。步美搖了搖頭，心想「這是應該的」。家人都知道師傅有心臟病的事。步美不光是對師傅，就連對老闆娘和奈緒也完全幫不上忙，這令他覺得自己很沒用。

這時，奈緒對他說道：「澀谷先生第一次設計的玩具……」

步美表情一僵，一臉驚訝，奈緒接著道：

「順利擺在店裡了嗎？」

都這時候了，奈緒臉上竟然還帶著笑意。看到她此時的表情，步美為之無言。他點點頭，小聲回了一句「擺了」。點完頭後，淚水再度奪眶而出，無法呼吸。

「這樣啊，太好了。」

奈緒說。

「烏龜玩具擺在店頭的照片，請寄來給我們看哦。我想讓爸爸也看一下。」

聽說師傅就是在步美的烏龜玩具送達公司的當天傍晚倒下。奈緒告訴步美，前一天師傅看到她在打包玩具，笑著說：「澀谷老弟看了一定會哭的。」

守靈的隊伍前進了一步。突然從來賓當中傳出「明明是獨生女還那樣」這句話來。自從來到喪禮會場，已多次聽到別人這麼說，步美細細思索這句話的含義。

獨生女。

奈緒是師傅他們的獨生女。步美重新思考這是怎樣的情況。家中沒有其他兄弟姊妹，這表示今後要面對的事，沒有和自己同樣立場的人可以商量。

比起家人或親戚，反倒是與會的來賓當中更常傳出悲慟的哭泣聲。

「怎麼會走得這麼突然呢。」「他是個工作能力很強的人。」「我有困難時，他都會幫我。」

似乎是師傅的朋友或工作上的客戶，對步美來說，幾乎都是生面孔。步美只知道師傅與他見面時的樣貌，但現在才知道，原來師傅受到這麼多人的景仰，而且他與步美合作的同時，也與這些人交流，想到這裡，頓時有種不可思議的感覺。

那聲音就像撞破平靜的誦經聲般，傳進步美耳中。

「……他說，最近的年輕人連商品要用什麼顏色也找他商量，和我們的時代不一樣了。我們那時候，明明什麼都得自己決定。」

——咦？

聽對方這麼說，步美馬上轉頭望向聲音的方向。不過，是隊伍裡的哪個人說的，一時間也看不出來。那是老年人的輕鬆口吻，很像是和師傅年紀相近的人會說的話。

步美胸口一震。前些日子才剛交貨的烏龜玩具，從他腦中掠過。

他說的不就是我嗎——步美心想。

烏龜的龜殼該採什麼顏色，步美多次找師傅商量，幾乎到纏人的地步，而師傅也都陪他一起思考。還曾經笑著說：「澀谷老弟，你一點都不妥協呢。」

他頓時感到胸口一涼，體溫驟降。

他這才發現，也許這給師傅帶來不少困擾。難道師傅很受不了他，向同年齡層的知心夥伴說出他的事？

他頓時很想向師傅道歉。

他這才明白自己的視野有多狹隘。無比羞愧，恨不得挖個地洞鑽進去。你有才能，有品味。聽師傅這麼說，自己就得意忘形起來。

自己明明就很不成熟。

穿著喪服，站著向來賓行禮的老闆娘和奈緒，此時看起來就像從未見過的陌生人一樣。她們此刻給步美的印象，與以前有極大的落差。失去師傅前的平日生活，再也沒人回得去了。

老闆娘和奈緒看起來就像裝飾物。以近乎機械性的客氣態度，僵硬地向前來弔唁的來賓低頭行禮，但感覺她們的雙眼什麼也看不見。

就快輪到步美了。

「這次發生這樣的憾事……」

伊村社長聲若蚊蚋地說道，同時移步向前，步美跟在他身旁，不發一語地低頭行禮。就在這時——

奈緒和老闆娘抬起頭望向步美。

原本步美以為，她們可能會像對待其他眾多來賓一樣，就只是面無表情地低頭行禮。但原本面無表情，宛如裝飾物的奈緒，臉上表情就像出現裂痕般，開始慢慢扭曲。

她瞇起眼睛，朝步美喚了一聲：「澀谷先生。」

一旁的老闆娘也同樣悄聲喚道：「澀谷老弟。」

這時，步美暗呼一聲「啊～」朝胸口深深憋了口氣。他想起坐落在森林裡的雞野工房。

每次去雛野工房就能聞到木材的香氣。有一大扇高達天花板的採光窗，柔和的亮光總是從那裡照進屋內。

他父親親手做的椅子就擺在屋內中央，備受鍾愛。

——他明明和師傅說好的，今後要向他學習如何製作。

他與奈緒和老闆娘目光交會，點了點頭。然後低頭行了一禮。

奈緒平時總是在工房裡忙著處理事務性工作，只見過她穿圍裙的裝扮，現在可能是因為頭髮放下，戴上珍珠項鍊的緣故，看起來成熟漂亮許多。正因為漂亮，她神情中流露出的悲戚和疲憊更教人看了不捨。

「我真的很遺憾。」

他硬擠出聲音說出這句話，已是竭盡所能。眼中泛著淚光的奈緒，就像在細細思索步美這句話似的，微微頷首。

他們無法長談。

步美走向遺照前，面對師傅。

為了燒香而往前伸出的手指，顯得很僵硬。

師傅——他在心中叫喚。

這一切都太突然了。

我還希望你能多教我一點。哪怕是你罵我，受不了我，都無所謂。

步美緊咬著嘴脣，深深一鞠躬。雙手合十，默禱良久。

4

辦完師傅的喪禮，過了約一個月後，奈緒打電話來。

剛好步美也想和她聯絡。他想等心情平復後，再跟奈緒和老闆娘聊聊師傅和工房的事。

不過話說回來，或許根本沒有心情平復這回事。

本以為今後將會一直持續下去的日子，突然就這麼被切斷了。

步美自己也很清楚，自己所重視的人死後所帶來的衝擊，要等到它完全消失，可不是那麼簡單的事。

他們約在位於惠比壽的一家咖啡廳裡碰面，奈緒比步美早到，早已坐在店內。

「突然找你出來，真的很抱歉。想必你很忙吧。」

其實步美也想前往位於輕井澤的雛野工房拜訪。但想到她們可能身邊還有不少事忙著要處理，而他也不想造成她們的負擔，結果反倒是奈緒自己主動對他說：「我近日會到東京辦事，方便見個面嗎？」

雛野工房除了步美他們公司外，還有許多合作的客戶。或許有必要分別拜訪這些合作客戶，和他們討論今後的合作方式，這點不難想像。因此，到東京來的機會應該會增加。

「……奈緒小姐才是呢，想必很忙碌吧。」

「不，前幾天忙完七七後，總算告一段落了。在辦喪禮前忙得不可開交，感覺時間就這樣迷迷糊糊地過去了，但等法事辦完後，我父親的事已經沒什麼要辦的了。」

聽她說話的口吻，彷彿很希望這樣的忙碌可以永遠持續下去。這當中可能也有藉由忙碌來排遣師傅不在的空虛這種成分在。

有好一陣子沒見到奈緒了，與喪禮那天相比，她的臉色紅潤不少，但看起來瘦削許多，儘管臉上浮現笑容，但看了教人心疼。不過，經過這些時日，她看起來似乎已略微能接受師傅驟逝的事實。步美自己也是如此。

店員送來他們點的熱咖啡。

兩人各啜飲了一口後，步美這才開口問：

「工房現在工作狀況如何？」

「我父親的工作當中，我和我母親可以應付的部分會繼續承包。幸好沒有什麼急件，我們會負起責任，把它做到最好。」

奈緒放下咖啡杯，望向步美。

「與『積木森林』合作的工作，正好就以澀谷先生你的烏龜玩具為分界，告一個段落，真是太好了。」

「是啊。」

聽奈緒這麼說，步美心中五味雜陳。與師傅的合作，不僅內容滿意，最後還有了結果，確實無可挑剔，他非常感謝。但他仍想在許多方面繼續跟師傅共事。之前還有很多企劃案，他想要實際推動。

身為客戶之一的步美也明白，雞野工房這個品牌是歸師傅所有。大家應該都是欣賞師傅的技術，這才前來委託，當中應該有人在師傅過世後取消原先的訂單。

奈緒可能是察覺步美此刻的想法，以略顯困擾的神情苦笑。

「當然了，有很多客戶是因為信任我父親的名字才委託我們工作，當中有些工作雖然我們想做，但我和我母親力有未逮，只能婉拒。雖然很惋惜，但這也是沒辦法的事。」

與步美年紀相近的奈緒，平時就算在討論的時候，也都是敬語和口語夾雜。在她這種輕鬆的態度影響下，步美不時也會用輕鬆的用語和她交談。

「工房今後有什麼打算？」

雞野工房可說是師傅的化身。雖然老闆娘都在一旁幫忙，但她完全沒參與設計的工作，而奈緒也都只負責事務工作。師傅也沒收徒弟。

步美的公司今後在發包時，可能也會開始找其他的工房吧。他心裡這麼想，同時出言詢問，沒想到得到的反應相當強烈。奈緒突然繃緊兩頰，轉為無比認真的眼神。

「澀谷先生。」她一本正經地叫喚步美，同時端正坐好。

「我今天前來，就是想和你談這件事。雖然你說要到輕井澤來看我們，但我還是自己跑來了，真的很抱歉。因為我想在家母不在場的情況下和你談談。」

這次改換步美正襟危坐了。「是關於工房的事。」奈緒接著說。

「澀谷先生。你可曾聽我父親提到關於工房的事？或許不該說是工房，而是關於我的事。」

「關於妳的事？」

奈緒望著步美。她那雙大眼，筆直地投向步美，點了點頭。

「關於要不要讓我繼承工房這件事，我父親可有說過什麼？」奈緒問。

5

我曾經拜託過他，希望他讓我繼承工房——奈緒說。

她從很久以前就這麼想。從小她就很喜歡父親的技藝，也曾拜託父親讓她學習，好繼承其手藝。

步美聽了之後，有一幕光景在他腦中爆開來。師傅的聲音在耳畔響起。

——總之，妳先調整一下心情吧。

這是去年造訪工房時發生的事。他與師傅討論完，正準備離開工房時，從工房後方傳來這個聲音。師傅與奈緒不知道在談些什麼。步美想起當時奈緒那苦惱的神情。原來是這麼回事啊——步美這下終於明白了。

本以為奈緒只負責事務方面的工作，但其實並非如此，她一直想投入製作，從很久以前就希望父親能收她為徒。

「我從以前就很喜歡家父做的木製玩具。不光是玩具，還有時鐘、花盆。家父可以用木頭做出任何東西來，我常以此向朋友炫耀，並對此相當憧憬。」

步美想到，在雞野工房的屋內中央，有個小提琴外形的木製時鐘。那也是出自師傅之手。奈緒從小就在師傅的作品環繞下長大。

「放進去吧。」父親要她朝自己做的木塔裡放彈珠。放進去後，從裡頭傳來「叩鏘、叩鏘」像木琴般輕快的迴響聲。

簡直就像魔法師一樣——奈緒說。

當奈緒沉迷於看《畢達哥拉斯的知識開關》[12]這個節目時，父親說「這我也會做」，特地為奈緒做了一個可讓彈珠在軌道上滾動的滾珠台。

「學校暑假作業的工藝作品，我一定都做木工。因為做得太好，老師和朋友們甚至對我說『一定是請妳爸幫忙做的吧』，不過家父完全沒幫我，始終都只是口頭指導。」

和父親一起接觸木工，真的很快樂。日後想要一起在這裡工作，想傳承父親的技藝。從奈緒懂事的時候起，便很自然地有這樣的想法。

「第一次跟家父開口，是高三那年。」

奈緒望著步美的眼睛說道。眼神無比認真。

「因為想繼承父親的工作，所以我不上大學。我希望他讓我在這裡學藝。」

但奈緒這番話，師傅反對。他說，不管要做什麼事，都得先出去看看這廣闊的世界，要奈緒去上大學。

「他還對我說，如果妳是因為討厭念書考試，為了逃避才這樣說，那千萬別這麼做。經他這麼一提，坦白說，連我自己都變得沒自信了。因為我雖然是真心想跟家父一樣踏上木匠這條路，但我討厭念書，這也是事實。」

奈緒難為情地莞爾一笑。

「那很像是師傅會說的話。」

聽步美這麼一說，奈緒開心地點著頭。

「是啊。他還說，要是妳以為我們是家人，拜師學藝會比較輕鬆，那妳就大錯特錯了，狠狠訓了我一頓。所以我找了一家可以學設計的大學，一度離家求學。」

畢業後，奈緒再度向師傅提出學藝的要求。她說，我不到其他地方求職，這次請你一定要教我工房的工作。

步美認為，這對師傅而言，應該是不錯的提議才對。但當時師傅一樣沒給奈緒好臉色看。

「他對我說，妳是女人，早晚要嫁人的，所以不行。在這方面，家父是個想法很

12. 日本NHK的節目，節目中會以滾珠的方式，配合複雜的機械組合，迂迴曲折地完成任務。

老派的人。」

奈緒緊咬著嘴唇。

「但我還是很堅持，於是家父對我說，既然這樣，那就暫時將工房的事務性工作交給妳負責，妳就一邊工作，一邊了解這工作有多嚴苛，還有木匠到底是個怎樣的職業。」

「原來是這樣啊。」

雖然常在工房進出，一起共事，但步美對這些事倒是一無所悉。他總以為是奈緒自願做事務性的工作，而工作上有女兒幫忙，師傅他們看起來似乎也很高興。他萬萬沒想到背後有這層緣由。

澀谷先生——奈緒喚道。

「家父過世前，我又向他拜託過一次。」

奈緒露出求助的眼神。聽到這裡，步美終於也明白，奈緒今天究竟想和他說什麼，想從他這裡問出什麼。

「透過事務性的工作，我自認比以前更加了解工房的一切，也明白家父從事怎樣的工作，怎樣的人需要他，而更重要的是，也明白這工作有多辛苦。所以我不希望雞野工房就這樣在家父這一代劃下句點。」

「奈緒小姐，妳提出想繼承工房的要求對吧？」

「對。」

奈緒頷首。她再次緊咬嘴唇，筆直地望向步美。她眼球表面蒙上薄薄一層膜。但直視前方的奈緒，淚水並未從她眼中淌落。看得出她極力忍住。

「家父說，他會考量看看。過沒多久，他邀我一起開車出外兜風，趁週末一起去看樹。」

「樹？」

「飯山的樹。是我們訂購木材的地方。他說有話要對我說，我滿心以為是要收我當徒弟的事。」

奈緒眼中蒙上暗影。就像要展開沉重的告白般，接著說道：

「但最後還是沒能實現。就在那個週末即將到來的兩天前，家父病倒了。然後就沒再醒來……」

步美暗自倒抽一口氣。他無言以對，就只能靜靜望著奈緒。

「所以我仍舊不知道，家父到底想對我說些什麼。打算怎麼處理工房？是否想收我當徒弟，讓我繼承他的工作？我一概不知。」

「可是……」

步美並非她的家人，他不清楚自己以外人的立場該說些什麼才好，但還是基於難過的心情接著說道：

「師傅他應該是希望能將工房交由妳來負責吧，因為他想和妳一起去看做為重要素材的木頭。」

「……或許是吧，我自己也常這麼想。但真相為何，我不知道。這單純只是我自己一廂情願，爸爸他到底心裡是怎麼想……」

奈緒的口吻從「家父」轉為「爸爸」，聽了教人難過。

「要是能當面向他問清楚就好了。」

奈緒低語道。

「如果能在說好的那天之前先問一聲就好了。但我以為明天、後天，還有以後，爸爸都會一直待在身邊，萬萬沒想到他會有不在的一天。」

師傅有心臟的老毛病。

步美聽了之後，很後悔自己竟然一直都沒發現。甚至覺得，自己該不會是早就發現了吧。但是對知道此事的師傅家人來說，當然更是難過。明知他有宿疾在身，為什麼還沒能把握，她們心中的後悔，肯定比步美高出數倍。

「澀谷先生，家父什麼都沒跟你提嗎？」

奈緒就像是賭上最後的希望般，再度緊盯著步美。沒能回應她的期待，令步美深感痛苦。

「很抱歉……」

就在步美開口的同時，奈緒眼中那像是抱著最後一線希望的求助光芒，就此轉為黯淡。她的眼瞳失去光彩。

「對不起，我什麼也沒聽說。師傅他除了工作的事之外，幾乎什麼都沒跟我提過。」

在說這話的同時，步美重新認識了這點，有種被重重擊倒在地的感覺。師傅對於他自己的疾病、家人、奈緒的事，什麼也沒跟他提。步美不值得他倚賴。在失去師傅後的這一個半月的時間，他在各種場合下深切感受到這點。

他一直以為師傅拿他當家人，在工房親切地迎接他到來，但其實步美不過只是個不可靠的小鬼。

「這樣啊。」

奈緒很明顯地流露失望之色，準備就此起身離開。所以步美忍不住詢問。他實在很在意雞野工房今後會怎麼走。

「令堂可有說些什麼？」

「家母什麼也沒說。」

剛才她說「我想在家母不在場的情況下和你談談」，步美思考她這句話的含義。

今後讓自己的獨生女繼承工房的工作，就自己和女兒兩個人來經營，也許老闆娘意願不高吧。就算丈夫已承接的工作可以勝任，但要在沒有師傅在的情況下承接新的工作，這當中存在著很大的不安要素。

「要經營事業真的很不簡單……」

奈緒再度望向地面說道。

「家父之所以沒馬上收我為徒，當中似乎多少也和家母的想法有關。不過關於這次的事，家母說她完全沒聽家父提過，她也不知道我曾經再度請求家父收我為徒的事。」

「這樣啊……」

「所以我才想，如果是澀谷先生，或許知道些什麼。抱歉，問了你奇怪的問題。」

奈緒向步美道歉。聽聞她那真誠的聲音，步美頓時全身為之一僵。

「我？」

他詢問後，奈緒嫣然一笑。

「因為你們感情很好啊。」

這句話令步美大感意外。

「我爸爸他真的很欣賞你呢。你們都是男性，所以我才會想，他或許會跟你說些什麼。抱歉。」

「不……我才抱歉，完全幫不上忙。」

在師傅家進出的業者，並非只有步美一人。從奈緒剛才的口吻聽來，也許她是從這些合作客戶中選中步美，特地前來問他。

——不是找伊村社長，也不是找其他合作客戶的負責人，而是找步美。

對方在自己面前展現的樣貌，並非代表他的全部，步美明白這是理所當然的事，但是當對方不在了之後，反而感覺對方真正的樣貌有很大一部分是他所陌生的。這麼一來，連自己心中「那個人」的形象也會為之動搖，透過師傅的辭世，步美多次感受到這樣的不安和落寞。

——他說，最近的年輕人連商品要用什麼顏色也找他商量，和我們的時代不一樣了。我們那時候，明明什麼都得自己決定。

在守靈的場合中聽聞的那番話，在他耳畔響起。儘管心想，他們說的也許不是我，但每次想到總會覺得喘不過氣來。

步美年紀比奈緒小，感覺自己在他們眼中是個不太可靠的小弟，但看在奈緒眼裡，卻覺得師傅很欣賞步美。這項事實令步美感到胸中一股暖意上湧，但同時也對自己幫不上奈緒的忙感到羞愧。

「我想，雞野工房可能得收了。」

奈緒說。在她說出這番話之前，這一個半月的時間，她肯定歷經多次思考，每次心中都展開激烈的糾葛。此時她已看開，嘴角浮現平靜的微笑。

「也不知道該不該繼續下去。關於我是否該繼續下去，現在已無法得知家父對此抱持什麼想法，但不管怎樣，工作方面我已無法得到家父的指導，等目前承接的工作結束後，大概就只能看破了。」

「……是。」

我希望妳能繼續——這句話來到喉頭。

但就像她說的，經營事業並不容易。如今師傅已不在人世，步美不能隨口說出這麼不負責任的話。

「過去受你關照了。真的很謝謝你。」

奈緒說。

「哪兒的話，我才是呢。」

步美在回答的同時，心想「啊，對哦」，明白了一件事。「積木森林」發包給雞野工房的工作，在師傅在世時就已經完結。目前沒有著手進行的工作。

這也許是他最後一次和奈緒見面，奈緒想必也明白這點。

「下次請讓我再上門向師傅上香。」

步美勉強擠出這句話，奈緒點頭應了聲「好」。

兩人起身離席，結完帳，就此步出惠比壽的咖啡廳。

「那我告辭了。」奈緒正準備轉身離去時，步美突然伸手。

「我說……！」

他揪住奈緒的大衣衣角。

突然做出這個動作後，步美這才發現自己今天一直想說的事。

在師傅死之前，理應可以得到的答案。

理應可以聽他親口說出的想法和話語。

這對父女沒能履行的約定。

打從聽奈緒話說到一半，他其實就一直在思考，多次差點脫口而出。

——妳要和他見面嗎？

「什麼事？」

奈緒轉過頭來，略感吃驚地問道：「怎麼了嗎，澀谷先生？」

她的眼形和師傅很相似。在她的雙眼注視下，步美無法動彈。他深吸一口氣，讓自己冷靜。

「……沒事。」

將湧上胸口的話語又嚥了回去。

「保重。」

最後就只說了這麼一句。

奈緒的雙眼緩緩瞇上，增添了幾分透明感。她頷首應道：「我會的。」

「澀谷先生，你也保重。」

語畢，她朝車站方向走去。

望著她遠去的背影，步美同時也望向自己的手掌。腦中想著剛才沒說出的話。

剛才我到底想做什麼？

她明明就不是使者的委託人啊。

6

——步美，能否與使者取得聯繫，全憑那個人的「緣分」。

告訴步美這個道理的，是將使者的職務轉讓給他的祖母愛子。閉上眼睛，仍可想起祖母的聲音、略感冰涼，滿是皺紋的手、彷彿能看穿步美一切的銳利雙眼，還有那不管他做了什麼，都還是會原諒他的溫柔笑容。

——有人不管打再多次電話，也聯繫不上，也有人因為有緣分，所以很自然地就聯繫上了。

關於使者的事，祖母曾對步美這樣說過。

步美心想，若真是如此，希望祖母能替他釋疑。

雞野一家人和他是熟識，這樣是否符合使者的緣分呢？步美正是能讓死者和活人見面的使者，這對奈緒來說，算是「緣分」的範疇嗎？

在搭電車前往秋山家的途中，步美望著眼前流逝的窗外景致。平日的傍晚時分，車內乘客擁擠，窗外的市街燈光與乘客的身影相互重疊。

使者的角色，經手人們的死。

委託人想和某個已死之人見面，這時使者會站在委託人的立場，透過這樣的失落，來面對死亡。居中安排這僅有一次機會的重逢。

本以為自己已經比較習慣了。不論是有人過世，還是人死所帶來的失落。

不過，現在仔細想想，自從祖母愛子過世後，這還是他第一次體驗到身邊熟悉的人過世。

所以他才會明白。

在奈緒心中，儘管父親已不在人世，但他的存在不可能就此消失，因為師傅算是步美身邊親近的人，所以他更是明白。

如果自己是陽世這邊的人，期望與死者展開僅只一次機會的重逢，那他會選擇祖母愛子，這是他好幾年前就決定好的事。並不是因為有這個必要，或是想向祖母問些什麼，才有這樣的念頭。

正因為之前常和祖母交談，常在她身旁陪伴，就此送她走完人生最後一程，算得上心滿意足，所以才想見祖母一面。步美對祖母沒有任何遺憾。與其說這是因為他常陪伴祖母的緣故，不如說是祖母選擇了這樣的生活態度。

——妳覺得我什麼時候和妳見面適合呢？

那是向祖母繼承使者這項職務那天發生的事。

一旦成為使者，就不能與自己想見的人會面。祖母對他說，最後你如果有想見的人，我可以安排你們見面，步美想了想之後回答道：

「雖然那是很久以後的事，不過，日後我要是把使者的能力轉讓給別人，我會拜託對方讓我和奶奶見面。只是，到時候我可能也是個步履蹣跚的老頭子了。」

「我可沒有步履蹣跚哦。」

祖母又恢復成平時冷淡的口吻。「只是比喻啦。」步美也如此應道。

「我決定要和奶奶見面。我先跟妳預約了，在那之前，妳可別跟其他人見面哦。」

「這麼重要的機會，怎麼能用在我身上呢。你的人生才正要開始，你根本還什麼都不懂。你會結婚生子，今後可忙著呢。到時候你就不會想到我了。」

「就算是這樣，我現在還是要選妳。」

不知道祖母剛才的毒舌，是不是在掩飾自己的難為情。不過步美還是覺得好笑，忍不住笑了起來。

「不過，我上了年紀之後和奶奶見面，這證明我的人生過得很平順。所以妳要等我哦。」

「……嗯。」

祖母也點頭回應。

接著又過了一陣子，不知道是哪一天，祖母突然對他說：

「步美日後要是結婚……」

「我要結婚還久呢。」

「我這是假設。如果你結了婚，要是能跟你的另一半無話不談就好了。」

當時步美還不到二十歲，對這樣的話題感到難為情。他反問一句：「無話不談？」祖母笑了，又重複說了一次「對，無話不談」。

「你擔任使者的事，還有你爸媽的事，全部無話不談。」

祖母說這話時，是抱持怎樣的心情，步美不明白。

當時步美認為那是很久以後的事，同時也認為祖母會永遠陪在他身邊。就算結了婚，也還會一直這樣下去。現在他明白，是他自己希望會是這樣。

過沒多久，步美便明白，相信什麼都沒改變的明天一樣會到來，是一種傲慢的念頭。祖母應該早就明白，在步美結婚之前，她沒辦法一直陪在他身邊。

與祖母展開這場對話的兩年後。

之前便常反覆住院出院的祖母，現在連要短暫出院都沒辦法，回家的情況愈來愈少。某天晚上，醫院打電話到步美居住的叔叔家。

步美當時已是大二生。但叔叔嬸嬸還有祖母，都瞞著不讓步美知道祖母得的是什麼病。

前一年，祖母的哥哥秋山舅公因肺癌過世，所以步美也已作好心理準備。祖母還笑著說：「我哥已經先去那裡等我，一切都準備好了。」

「妳想見秋山舅公嗎？」

在舅公的喪禮上，步美牽著祖母那重量變輕的手，如此問道。結果祖母毫不猶豫地搖頭回了一句「不」。

「因為過去我和每個人都仔細道別過，沒留下任何遺憾。我並不會特別想見我哥。就算今天站在這裡的人不是我，而是我哥，他也會這麼說。即使立場改變，現在躺在棺材裡的人是我，而站在這裡讓步美你牽著手的人是我哥，也還是會說一樣的話。」

「躺在棺材裡的人是奶奶？又說這種話。」

這種話只有像她這種年紀的人才說得出來，是一種超越俗世的想法，他忍不住笑了，祖母也呵呵輕笑。「就是這麼回事。」

「就算現在活著的人是我哥，而今天辦的是我的喪禮，那也不足為奇。人生就是這麼回事。」

自從醫院打電話來後，祖母就再也沒恢復意識了。

醫院打電話來聯絡，說她病情急速惡化，意識不清，一家人立刻趕往醫院，但戴著氧氣罩的祖母已無法說話。

所以最後一次和祖母交談的內容為何，是什麼時候，步美記不太清楚。不過，不管是什麼時候，談了怎樣的內容，都已經不重要。

他與祖母的道別，沒有遺憾。

每次說完話道別，都抱持著「就算今天是最後一次見面，也沒遺憾了」的心情，度過這段相處的時光。是祖母教會他如何安排出這樣的時間。

因為步美有足夠的時間準備。

探視過病情急轉直下的祖母後，叔叔留在醫院，步美則是和堂妹朱音一起搭嬸嬸開的車回到家中。

在車內，嬸嬸第一次告訴步美祖母得了什麼病。還說祖母從很早以前就知道，早已作好心理準備。

「我想，奶奶明天就會過世。」

嬸嬸很明確地說道，步美聽了，也真切感受到此言不假。雖然祖母現在的狀態已無法交談，但是從嬸嬸這番話中可以感受到，她很希望孩子們能趁祖母還在世時，好好和她道別。「步美、朱音。」嬸嬸喚道。

「我很喜歡奶奶。雖然在一起生活了這麼久，但我從來沒和奶奶吵過架。」

現在想想，是否真如嬸嬸所言，有待商榷。雖然祖母和嬸嬸都處世圓融，但一起生活二十多年，一般人總會有一兩次的爭執吧。

不過當時他被嬸嬸這番話震懾，也許其實吵過架，但嬸嬸卻很肯定地說「從來沒有」，從她展現的堅定態度中，步美感受到祖母長期累積的寬宏大度。

果真如嬸嬸所言，祖母隔天早上與世長辭。

在守靈和喪禮時，步美流下眼淚，但他並未因此心思紛亂。

——就算現在活著的人是我哥，而今天辦的是我的喪禮，那也不足為奇。人生就是這麼回事。

想起祖母那灑脫的話語，就算現在她仍活在某地方，也不足為奇。步美有這種感覺。

所以目前步美還沒有想見祖母的念頭。等日後人生過得平穩，想見面的時候到來，他才會想和祖母見面，順便報告自己的近況。

這和奈緒這種有話想問，有話想說，卻一直沒能如願，某天親人突然就離開人世的這種道別方式截然不同。

正因為這樣，想到奈緒這種突然失去的感覺是如此強烈，便替她感到不捨。

電車一陣劇烈搖晃，告知步美預定要下車的站名。步美靜靜吁了口氣，撥開車內擁擠的乘客，朝車門前進。

7

「咦，你這是多管閒事吧？」

來到秋山家後，他前往當家杏奈的房間。當時杏奈剛吃完晚餐，正在寫學校習題，在她的請託下，步美替她對寫好的算數答案。

他一邊對，一邊談到這件事。

有位在工作上相當照顧步美的人過世。步美與對方以及他的家人都很熟。對方的獨生女一直有話想問父親，卻沒能如願，就此與父親分隔陰陽兩地。

步美很猶豫，不知該不該告訴她使者的事。

奈緒沒正式提出委託，而且她過去可能連聽都沒聽過使者的存在。這些事說來荒誕無稽，但如果是步美親自告訴她，她會相信嗎？還是說，聽步美這樣說，反而少了一份真實感？

——之前曾經有一件委託案和步美認識的人有關，他猶豫自己是否該介入處理，因而請杏奈幫忙。由她代替步美去見委託人。

步美如此說明，杏奈聽了之後直搖頭。

回了他一句——這是多管閒事。

「是這樣嗎？」

「就是。她並不是委託人，而且她不是因為想見她父親，而自己找上使者。不過就只是因為你認識她罷了，對吧？」

「話是這樣沒錯，但反過來說，她和我原本就認識，這能不能想作是和使者的『緣分』有關呢？因為有某個必然性，才會遇上使者。」

就在步美說出這句話的瞬間——

杏奈誇張地點著頭，發出一聲「哦～」接著鼻孔噴氣，大笑不止。因為她的身分是秋山家的當家，所以之前就算她擺出大人的態度，出於無奈，步美向來都不計較，但這次她竟然擺出嗤之以鼻的態度。

「怎樣啦。」

「步美，你不可以得意忘形哦。」

杏奈毫不客氣地說道。

「你可別誤會了。那女孩原本就認識的對象，就只是澀谷步美。不是使者，她只認識你。」

「話是這樣沒錯啦……」

雖然聽了很不是滋味，但她說得沒錯。

步美確實是擔任使者一職的人，但他並非是以使者的身分與奈緒以及工房的人們認識。他以身為使者感到自負，這就像杏奈說的，確實是得意忘形。但就算她這麼說，步美還是無法輕鬆想開。

接著，杏奈從習題本上抬起目光，望向步美，對他說道：

「我不確定這是不是使者的『緣分』。不過，你覺得這樣沒關係嗎？」

「妳指的是什麼？」

「公開身分啊。你要告訴那個女孩還有她父親，你就是使者嗎？」

「這……」

步美不禁結巴起來。這點步美也擔心。

雛野工房與步美之間，是在與使者無關的情況下建構起雙方的關係。使者這項工作，遇到的並非全然都是好事，也常有令人難過的遭遇，但他們本著足以將這一切都趕跑的開朗和熱情，與身為公司員工的步美來往。

「你會回不去哦。」杏奈說。語氣充滿嗆辣。

「就算這次我同樣隱瞞你的身分，去和那女孩見面，也會是一樣的結果。與死者見面，會呈現出赤裸裸的自己。要和對方見面，說出自己的真心話，這是最後一次可以實現的機會。你要是與別人的這種事扯上關係，就會無法恢復原本的關係哦。不管是以美好的方式重逢，還是遺留痛苦的重逢。而不論是那個女孩，還是你，大概都沒辦法像以前那樣去面對彼此了。」

步美心想，舅公當初指名這孩子擔任當家，真是慧眼獨具。無法光用一句英才教育來說明的某個東西，構成這孩子的核心。

步美大受震懾，望著杏奈。

那是步美自己也感到擔心，但無法轉化成言語說出的不安。當它以如此準確的形式呈現後，他頓時無言以對。

以前還是使者見習生時，也曾有過同樣的感覺。

有兩位和他同校而且同屆的學生，步美在促成她們重逢後，就連當時還是學生的他，也不認為他和對方能像一般的同學一樣面對彼此。

假設他接受奈緒的委託，讓她和師傅見面。

到時候在交涉的階段，步美將會先和師傅重逢。他當然也想見師傅。以為再也沒機會相見的對象，而且是自己喜歡又尊敬的人，能有重逢的機會，自然是求之不得。

但另一方面，他也不免心想，真的是這樣嗎？

他又想起在守靈的隊伍中聽到的那句話——最近的年輕人連要用什麼顏色也找他商

量，無法自己決定。

世上就是有不能打開的門。

「不過這個……說得也是。」

在杏奈的氣勢震懾下，步美沉默不語，杏奈見狀，長嘆一聲。

「既然這樣，那就視情況發展，加上條件吧。」

「條件？」

「這件事是否算是使者的緣分，老實說，連我也不清楚。所以就先等等看吧。」

杏奈以輕鬆的口吻提議。

「步美，你現在和他們在工作上幾乎沒什麼往來了對吧？那位爸爸過世後，現在處在沒有生意往來的狀態。」

「嗯。」

「在這種情況下，如果對方再次和你聯絡，那或許就是有緣。到時候如果你想加把勁的話，再來考慮要不要向她坦白說出使者的事，如何？」

杏奈很乾脆地說道，反倒是步美一時間無法答覆。過了一會兒，他才問：「妳這是站在秋山家當家的立場所作的判斷嗎？」

杏奈同樣以輕鬆的口吻應道：「不，是憑直覺。」接著她開始確認起剛才步美替她檢查過的算數習題。她看到自己第三題的分數減法算錯，大喊一聲：「不會吧！這題竟然算錯。」

說起話來明明這麼伶牙俐齒，十足大人樣，卻不會算數，真是太怪了。世上還真是無奇不有呢。步美如此暗忖。

8

杏奈提出建議後過了幾個禮拜，當奈緒打電話來時，步美比之前緊張好幾倍。她竟然真的打來了。步美接起手機時，瞬間掌心滿是溼汗。

『喂，澀谷先生嗎？我是奈緒。我有話想跟你說。』

奈緒的聲音聽起來像是已作好什麼覺悟，步美也暗自拿定主意。就跟她明說吧。

「我也正打算跟妳聯絡。最近過得可好？」

奈緒又說她想在東京和步美碰面，但這次步美堅持說他要跑一趟輕井澤。師傅過世後，他都沒到雞野工房去，但如果要談這件事，還是在雞野工房才合適。

奈緒這次就沒說要避開母親私下聊。她很爽快地應道：『我明白了。那就等你的到來。』

這天，步美下定決心，前往雞野工房。

如今師傅已不在人世，在前往工房的路上，雖然景致理應不會因此而改變，但他卻覺得就連林間透射而下的陽光也多了一份落寞。

來到寧靜的工房，按下門鈴。之前不管什麼時候來，總會聽見鋸木聲、電動沖壓機和木槌的聲音，熱鬧無比，與現在大不相同。

「來了。」傳來應門聲，奈緒現身。

一見到她，步美倒抽一口氣。

奈緒身上繫著圍裙。之前步美到工房來時，她幾乎都繫著格子圖案的圍裙，忙著記帳、寫文件或發票、打電腦，全是在處理事務性工作。

但今天她的圍裙不一樣。是上頭沒任何圖案的藏青色。材質也遠比家庭用的圍裙厚實得多，是師傅幾個月前工作用穿的圍裙。

奈緒舉辦喪禮，以及之前上東京時，完全放下的披肩長髮，現在已剪短，來到肩膀以上的長度。神情看起來也比之前見面時爽朗許多。

「上次突然跟你談那件事，真是不好意思。」

她領步美走進屋內就座，一面泡茶，一面向他道歉。老闆娘今天到縣內去交貨，不在家。也許是奈緒刻意安排。

「不，我才不好意思，沒能幫得上忙。」

「哪兒的話呢。能和你聊到話，我覺得很慶幸，而且也談了不少關於家父的事。」

才過了短短幾個月，便感覺師傅在工房裡的氣息變淡許多。不論是工具的擺放、木材的架放方式、文件的堆疊……也許是因為他知道以前的情況，所以才會這麼想。但確實感受到少了一個人所帶來的影響。

他猶豫該選在什麼時候提使者的事。

要和理應無法再見的人重逢，要知道理應不可能聽到的答案，只有一個辦法，步美知道。

他緊張地抬起頭來，就在這時，奈緒搶先說道：「澀谷先生，可以占用你一點時間嗎？」

「什麼事？」步美反問，這時奈緒拿來一個木製玩具。附繩索，可讓幼兒牽著走的玩具狗。步美看過。

──這個樣子，小孩子不會喜歡的。

步美最後一次來找師傅時，師傅拿在手中把玩的，就是這隻玩具狗。

「這是我做的。」

奈緒說，步美聽了之後，瞪大眼睛。

原來是這麼回事，他恍然大悟。

那天，師傅以含糊的口吻說：「要說是新產品的話，也算是啦。」而步美確實也認為這玩具不太像師傅的風格，而且有很多不像師傅會犯的疏忽。

而最令他在意的，是師傅當時的口吻。

步美認為師傅不是個會對做好的玩具出言批評的人，但他之所以會那樣說，全因為這是女兒的作品。

奈緒手邊除了那隻玩具狗之外，還擺了許多作品。有用色鮮豔的方塊拼圖、鯨魚形狀的手推車，還有那天步美誇讚的滾珠台。

「這些全部是妳的作品嗎？」

「對。要在澀谷先生你面前獻醜，實在很難為情，但這確實是我做的。」

「可以讓我欣賞一下嗎？」

之所以想拿在手上細看，也是出於工作上很純粹的興趣。奈緒略顯躊躇地說了一聲「請」，拿了幾個交到步美手上。全都是那天在工房裡見過的玩具。

做得很好。

尤其是那天看過的方塊拼圖做得最好。配色很歡樂，小孩子會想要思考各種不同的圖形，是自由度相當高的玩具。

「我之前抱持著接受審核的心情，交給家父看。」

奈緒開始說明緣由，視線投向步美手中的玩具。

「之前我一邊處理事務性工作，一邊偷偷模仿家父的創作，並參考他畫的設計圖，試著自己畫，打算日後有天要跟他說『你看，我已經可以做到這種水準了，請收我為徒』，就此做了幾種作品。想讓他大吃一驚。」

「師傅他應該很驚訝吧。」

「並沒有。」

奈緒臉上露出落寞的笑意，搖了搖頭。

「現在想想，就算我自認隱瞞得很好，但女兒在自己的工房裡偷偷摸摸做些什麼，家父一定全都看穿了。有一次被他發現，他還對我說『妳先調整一下心情吧』。所以這次他給我的感覺是『哦，終於拿來了是吧』，很乾脆地說了一句『我會看的』。」

「那應該是在掩飾他的難為情吧。」

步美心想，師傅怎麼可能會不開心呢。因為奈緒每一件都做得很好。就連步美也看得出來，為了要讓師傅看她的作品，她應該是從錯誤中修改，才做出這樣的作品吧。而最令步美驚訝的，是奈緒竟然這麼認真地準備和學習。

「妳父親應該是打算讓妳繼承工房吧。在看過妳的作品後，師傅才會邀妳一起去看木材吧？」

說到這裡，他再次感覺到，沒能履行親子間的約定，確實很教人難過。要是能聽父親親口說一句，奈緒不知道會有多放心。即便等在後頭的是天人永隔也一樣。

就在步美心裡這麼想的時候。

「重點就在這兒，澀谷先生。家父想說的是什麼，我隱約感覺得出來。」

「咦？」

「你可以幫我看一下這個玩具狗嗎？」

奈緒將自己做的玩具狗交到步美手上。

那天在師傅的工房看到這個玩具時，師傅轉動發條讓它動，然後談到它的尾巴……

步美拿在手上後，幾不成聲地發出一聲驚呼。

狗尾上原本附的繩索和球不見了，臀部呈圓弧狀的柔軟部分，直接附上一顆小球。和之前不一樣。

「這是我在東京和你見面後不久，在家父的書房發現的。其實我原本的作品是用繩索連接一顆球來當尾巴。」

步美想出之前自己指出的缺點。他說過這會有誤吞的危險，如果是他們公司，就會很在意這點。

「我想，是因為小小孩會有誤吞的危險，所以家父幫我做了修改。還有動作。」

經他這麼一說，步美轉動發條。發條轉了幾圈後，將小狗放在桌上——步美頓時瞪大眼睛。

「我原本做的，是更單調的行走方式，但現在明顯改良許多。該怎麼說呢，應該說是整整提高了一個檔次。」

如果動作能再慢一點的話——步美曾對小狗的動作作出提議，現在它的動作變慢許多，而且比想像中更有活力。嘰——啪、嘰——啪。像呼吸一樣有節奏的大動作，感覺孩子可以跟在一旁模仿。

沒錯，這就是師傅的玩具特有的動作，步美喜歡的就是這個。

感覺就像某個再也看不到的耀眼之物，最後又得以重見般，步美的目光緊盯著玩具的動作，奈緒突然對他說道：

「我認為，家父是想叫我放棄。」

步美沉默不語，轉頭望向奈緒。奈緒的表情緊繃。

「他看了我做的玩具後，以專家的立場嚴格審核，毫不妥協，最後他可能是判斷我沒有品味吧。」

「啊！」

有個聲音在步美腦中迸散開來。

——這個樣子，小孩子不會喜歡的。

——才能這種東西是很殘酷的，有才能的人，就算沒需要，也還是有才能，但有人就算有這個需要，沒才能就是沒才能。

——從事這項工作讓我明白這點。有些事是能靠努力和練習來彌補，但如果起跑點不一樣，任誰也無法改變。這或許就是才能，或者是品味吧？

師傅當時想的也許是奈緒的事。那是想要冷靜地對女兒作出判斷所說的話。

奈緒靜靜地抬起玩具狗。

「還有握法。」

奈緒的口吻顯得很不甘心。

她朝向步美，手握狗頭後方。該處有個橢圓形的凹洞，之前並沒有。

「這也不是我做的。為了讓小小孩也能單手拿，家父造出凹洞。看起來像狗的紋路，顯得很可愛，但這其實有功能在。」

我實在差遠了——奈緒低語道。

「當我看到這個時，心裡想，我和他差得太遠了。而我也馬上明白，家父是想要我放棄走這條路。」

「可是師傅對旁邊的方塊拼圖讚不絕口呢。」

步美不由自主地說出這句話來，奈緒驚訝地望向他，步美趕緊接著說道：「對不起。」

「我之前不知道這是妳的作品，不過師傅跟我聊過這些作品。這個拼圖的圖案相當好，還有那個滾珠台，我當時甚至想讓它成為我們店裡的商品呢。而我也實際跟師傅提過這件事。結果師傅說……」

——那麼，也許近日會與你洽談這件事。雖然不知道結果會怎樣，但到時候就請多多幫忙了。

雖然不確定是什麼時候說的話，但師傅確實說過要步美多多幫忙。

奈緒聽了步美這番話，靜靜地佇立原地。她放下玩具，就像在保護右手手指般，雙手交握。接著以微帶情緒起伏的聲音說道：「謝謝你，澀谷先生。」

但說完後，她又搖了搖頭。

「不過，還是一樣。澀谷先生你剛才誇獎的拼圖、滾珠台、手推車，家父全都修改過。每個都非常棒。那是我絕對想不到的構想，全都很方便使用，設計上也提升許多。」

步美為之沉默。就像呆立原地般，靜靜聽奈緒說，緊接著下個瞬間——

「所以……」奈緒說。「我不放棄。」

步美倒抽一口氣。

從師傅過世一直到今天，從沒見過奈緒眼中綻放如此明亮的光芒。可以清楚看出她眼中散發出充滿鬥志，無法撼動的光芒。

「我想，家父應該是想叫我放棄。想讓我看木材進貨的來源處，然後對我說，別糟蹋了這些人辛苦做出的木材。家父就是這樣的人。」

奈緒說。

「不過，看了家父留下來的這些改良過的玩具，我更加不能放棄。也許我真的欠缺品味，也可以說我沒有才能，但家父的作品真的很出色。只要稍作改變，就能產生這麼多可能性，在了解這個領域後，我更想讓雞野工房保存下來。雖然現在還沒辦法，但我想追上家父的成就。」

我不會關閉工房的——奈緒說。

「在我學藝的這段時間，勢必得歇業幾年。有家木匠工廠以前關照過家父，我請他們讓我在那裡學藝，所以暫時無法經營店裡的生意。不過，我一定會讓雞野工房重新開張。」

那是無比爽朗的聲音，令步美聽傻了眼。

步美聽了之後，呆立原地。

真是服了你們——他心想。

不論是奈緒、師傅，還是師傅留下的這些玩具。

他們都不需要使者。

儘管沒能直接見面、交談，但人們有時候還是能明白。從死者留下的蛛絲馬跡，可以清楚感受得到，勝過當面詢問。

步美明白，奈緒聽到師傅的聲音，並想要作出師傅在世時也可能會作的決定。

「今天請你專程跑一趟，真是不好意思。但有件事，我無論如何都想當面跟你說。」

奈緒說。接著她持續望著步美的眼睛。

「少了家父的雞野工房，或許不太可靠。我在製作的職場上，就跟門外漢一樣，很難拿出和以前一樣的水準，但今後還是請你別忘了我們工房。我一定會回來，所以請繼續給予指教。」

「……我明白了。」

步美頷首。奈緒這才像鬆了口氣似的，微微吸了口氣，接著應道「謝謝」。

「雖然無法直接請家父指導技術，但今後我打算請照顧過家父的人們教導我，當然也會向家母請教。雖然家父已不在人世，但我今後仍會繼續思考。」

奈緒輕撫一旁的玩具狗和拼圖，接著望向步美。

「如果是家父的話，會怎麼做。這幾個月來，不管做什麼事，我都在思考這個問題。啊，我要是這麼做的話，會挨爸爸罵的。他會說，妳這樣一定會被挑剔的，重做！雖然沒能實際聽他這麼說，但我心中的父親，一定比任何人都還要嚴厲。」

——如果是他，不知道會怎麼做，心裡想著這些事，甚至希望能挨他們罵，每天都過著這樣的日子。

這是步美剛當使者時，某天突然發現的事。

與死者見面，就像是在消費某人的死，不也算是活在陽世之人的一種欺瞞嗎？不過，在死者的注視下，有時也會決定人們的行動。比起相信從沒見過的神明或老天爺，寧可希望有某個實際的人物能看顧自己。

他就此明白這是一種傲慢。

就像杏奈說的。奈緒根本不想倚賴使者。

或許日後她也會想見自己父親，但至少不是現在。可能會等到她更加成長，擁有許多自己的作品後吧。

就像步美那時候希望日後有一天能和祖母見面一樣。

「奈緒小姐。」步美出聲叫喚。

奈緒甩動她那剪短後變得清爽許多的頭髮，望向步美。

「妳有其他想做的作品嗎？」

奈緒馬上應道「有」。

「坦白說，光憑這樣就讓家父來判斷我的實力，我很不甘心。其實我還有很多其他構想，也有許多想嘗試的作品。」

步美向佛龕裡的師傅上香。當他上完香，雙手合十時，他面對師傅的遺照，心中對他說道「認輸了對吧」。

不論是師傅還是步美，在奈緒面前都一敗塗地。

師傅不讓她繼承家業的這份擔心，以及步美想告訴她有使者存在的這份多管閒事，全都被奈緒遠遠地打飛，她真的很強。

步美對著遺照說話。

師傅，你心愛的獨生女真的很優秀，根本就用不著我替她擔心。

合掌一拜後，步美站起身。

離去時，奈緒對步美說：「歡迎下次再來。」

「爸爸他和你聊天時，真的很開心。」

「向來都是我有事找他商量，都是我在說。」

「咦，是嗎？」

奈緒頭一偏，接著道：「我認為不是這樣耶。」

「因為我爸真的很開心。他常說，澀谷先生很倚重我，連重要的配色、設計，也都會問我的意見。他能找我商量，我很開心。我們這個年紀的人有個習慣，就是不管什麼事都自己一個人頂著，他們要是也都能像澀谷先生一樣來找我商量就好了。」

——最近的年輕人連商品要用什麼顏色也找他商量，和我們的時代不一樣了。我們那時候，明明什麼都得自己決定。

就像附身的魔物已退散似的，身體突然變得輕盈不少。

在聽到奈緒這番話之前，步美一直都沒發現，之前在守靈的隊伍中聽到的那番話，一直深深刺進步美胸口，令他很受傷。他這才承認，自己原本一直都假裝沒發現。原來師傅說的話，是這個含義啊。

他轉頭望向佛龕裡的遺照。

師傅笑得燦爛。

那是步美熟悉的臉。

——當面詢問並非唯一的辦法。

今後他可以繼續相信他所認識的師傅。

師傅說過的話，仍留在奈緒心中，還有工房裡。當然也留在步美心中。

過去他總以為要聽到死者的聲音，只有一個辦法，實在是太得意忘形了。

「我還可以再來嗎？」

真正的寒冬即將到來，工房四周將會是一片銀白色雪景。

每次來這裡討論工作的事，都得穿過覆滿白雪的森林，步美很樂在其中。

奈緒嫣然一笑。

「非常歡迎。」

抬頭一看，因為待的時間太長，外頭天色已經轉暗。

逐漸變圓的明月，已來到窗外。下一次滿月即將到來。

擔任使者至今，已即將滿七年。

這次的滿月似乎不會替人安排會面，看來是個難得的清閒夜晚。

思念之人

「今年可以幫我多轉告一句話嗎？」

道別時，對方突然這樣說道。不同於之前的委託。「什麼話呢？」步美望向他，他雙眼筆直地望著步美。

「希望你能轉告絢子小姐，蜂谷那個小鬼，都快要八十五歲了。」

蜂谷臉上泛起平靜的微笑，如此說道。

1

在公司附近的咖啡廳裡，步美注視著坐在桌子對面的奈緒。

如今正是冬去春來的時節。明顯已感受不到寒冬的陽光，在送來的飲料杯上形成反射。早上的新聞提到，再過一個禮拜，東京可能就會展開櫻花的開花宣告。

「是的。」

「德國是嗎？」

奈緒為了繼承亡父留下的工房，要到其他工房學藝，此事步美早已聽聞。他也知道這段時間雞野工房將會暫時歇業。師傅生前對步美多所關照，所以對於師傅的女兒奈緒，只要是他能力所及，他都想助其一臂之力。

但他萬萬沒想到奈緒是去德國。

上星期奈緒主動跟他聯絡道：「我因為工作關係要去東京一趟，有時間的話見個面吧。」那時候他便猜想，奈緒可能是要和他談今後的打算吧。然而……

「紐倫堡的工房，已決定從秋天開始收我為徒。」

步美聽奈緒這麼說，靜靜地眨了眨眼。之所以一時間說不出話來，是因為太過驚訝。他只聽奈緒提過「我要去一家和家父生前有交情的工房學藝」，滿心以為是國內的某家工房。

「家父也很喜歡那家工房。它的規模比我們大，而且歷史悠久，不過他們社長很欣賞家父的作品，甚至多次到我們工房來，和家父交情頗深。我下定決心請社長收我為徒，而他也很爽快地答應。」

「妳打算去幾年？」

「這就不清楚了。」

奈緒難為情地微微一笑。

「如果我學得快，或許短時間內就能學成，但我猜一定會花很長的時間。不過相對地，我打算讓自己多一點收穫，在那裡好好吸收學習。」

奈緒聳了聳肩，一副很傷腦筋的模樣。

「那位社長也是，如果當他是家父的友人來對待，他是位個性柔和的人，可是一旦向他拜師學藝，這條學習之路一定很嚴苛。如果只學到半吊子的技術，他一定不會認同我繼承家父的工房。不過，也正因為這樣，他應該會好好鍛鍊我。」

說這話的奈緒，表情爽朗，不顯一絲迷惘。她已抱持遠行的決心，心中想必是期待遠勝過不安吧。事實上，為了趕跑心中的不安，也許她是刻意佯裝開朗。即便如此，她那開朗的模樣還是很耀眼。

——足以將步美的不解和驚訝彈開。已記不得有幾次這樣的經驗了，覺得「我實在比不上她」的這個想法再度湧上心頭。

「真是太好了。」

此刻他內心仍微感慌亂。奈緒即將遠行，還不確定何時才會歸來，雖然心中的衝擊仍在，但奈緒這是為夢想而遠行。步美也想好好為她獻上祝福。

「德國是各種木製玩具的發祥地，其中，紐倫堡更是木匠的大本營，那裡有很多大型製造商。在那裡學藝真的很不錯。恭喜妳。」

「謝謝。」

「妳要去德國，接下來的準備工作一定很忙碌吧。其實，我之前一直想代表『積木森林』，請妳將之前拿給我看的拼圖做成我們公司的商品……」

「咦！真的嗎？」

「是真的。」

步美提到的是奈緒之前拿給師傅看的木製兒童拼圖，上頭的圖案可以做多種組合。他也取得伊村社長的同意，正打算找個機會正式向奈緒提出委託。原本心想，師傅才剛過世，工房現在正是非常時期，所以延遲了一陣子，但現在他很後悔，當初真應該早點向奈緒提議。先前也曾聽奈緒提到學藝的事，但他總以為是在國內，所以很天真地以為，日後還是一樣可以合作。

「真高興。」

奈緒說。目光轉為柔和。

「如果方便的話，在今年秋天前我還能處理，可以聽你說說看你的想法嗎？我不在的這段時間，家母或許會和家父的朋友一起工作，他們在國內有自己的工房。」

「太好了。那麼，下次我會正式以企劃案的形式登門拜訪。」

還能和奈緒一起共事。想到這裡便鬆了口氣。

她要踏上人生的旅程，當然是值得慶賀的事，但輕井澤的工房看不到奈緒的身影，這點實在很難想像。

「要不要順道繞一下K-garden？」

走出咖啡廳，正準備回公司時，奈緒開口邀約。

「我很想看看你設計的烏龜擺在賣場裡的情況。一起去吧。」

「——沒問題。」

因為高興，回答時慢了半拍。

K-garden的玩具店，是之前接獲師傅死訊時，步美一早在店裡進貨，並拍下照片的地方。應該是因為傳了照片給奈緒，所以她還記得這件事。

他和奈緒一同前往K-garden。向認識的店員介紹奈緒，並告訴對方她是製作商品的那家工房老闆的女兒，店員們聽了，皆笑臉相迎。

「賣得很好呢。」開心地對他們說道。

步美望著烏龜玩具的展示架。與剛開始販售時相比，擺在外面的玩具數量減少許多，有一些是擺在外面的樣品，可供孩子實際拿在手上遊玩。現在雖是平日的白天，但店內有幾組母子，約兩歲大的孩子現在正拿著烏龜玩具，按壓龜殼。

「真好。」

奈緒從後方望著這一幕，悄聲說道。步美也是第一次實際見識客人碰觸商品的模樣，感動之情湧現心頭。

離開店面時，奈緒的目光停在入門處的一個木製家家酒玩具組。步美也知道那個玩具。是販售眾多進口商品的這個賣場裡的人氣商品之一，設計相當用心，可以透過手感清楚感受到菜刀切下的感覺，頗獲好評。

「這項產品，就是我今年秋天開始要去學藝的那家工房做的。」

「啊，就是這一家啊。」

「對。」

奈緒嫣然一笑。

「看到在這麼遠的地方也有他們的商品，心裡很高興。」

奈緒說要去書籍賣場，步美對她說「難得都來了，那就一起去吧」，決定陪她一同前往。因為今天沒急事要處理，而且就在公司附近，感覺很愜意，所以便一同前往專賣語言書的賣場。

「我想趁秋天前先學點德語。」

與英語學習書相比，賣場裡的德語學習書並不多。伸手拿得到的書架底下，幾乎都是英語學習書。

奈緒朝書架的高處伸長手要拿，步美在她身後喚道：

「我幫妳拿吧。要哪一本？」

眼看奈緒都快站不穩了，他在背後輕輕撐住她，奈緒難為情地說了聲「抱歉」。

「可以幫我拿那本褐色書背的書嗎？」

「這本是吧。」

步美把書交到她手上。就在這時，他聽到一聲「哎呀」，不經意地轉頭望向聲音的方向。接著他倒抽一口氣。

是一位老婦人，脖子上圍著顏色鮮豔的絲巾，臉上戴著一副有高雅的寶石當裝飾的眼鏡。對方正望著他。是一張熟面孔。

是小笠原時子。

去年因為使者的工作而認識她，她想和自己年紀輕輕就過世的女兒見面，因而提出委託。

步美全身為之一僵。平時很少會像這樣和使者的委託人不期而遇，竟然會在這種地方遇上——步美一時間無法動彈，但時子倒是顯得冷靜許多。

她朝步美和奈緒望了一眼，緩緩點了點頭。那是幾乎不會讓奈緒察覺的細微動作。她從步美面前走過，以若無其事的口吻向奈緒問道：「您在找德語學習書嗎？」

「咦？啊，是的。」

「這樣的話，這本書不適合哦。這確實是一本暢銷書，不過，如果只是要閱讀的話倒還好，但如果是實際想開口說的話，我建議買那本書。」

她指向奈緒選的那本書旁邊的另一本。它同樣位在書架的高處，所以這時時子才正面望向步美。

「您是她男朋友吧，可以幫忙拿嗎？」

「啊……可以。」

步美伸手取出她指定的那本書。交給時子後，她翻開書頁，低語道「嗯，不錯」。接著說了聲「喏」，遞給奈緒。

「這本書反覆閱讀，程度就能大幅提升。是我以前很喜愛的一本書。老太太我多管閒事，請別見怪哦。」

「哪兒的話，謝謝您。」

突然冒出這名老婦人，奈緒並未被她嚇著，還很客氣地向她低頭行禮。就在這時，步美突然想到，時子想見的女兒瑛子，也是到德國留學。

「請問……」

他猶豫該不該向時子搭話。正當步美準備開口時，時子柔美地朝他微微一笑。先是微微搖了搖頭，接著小聲地說道：

「她長得真可愛呢。」

「您是她男朋友吧。」剛才時子這句話，這時再次於步美耳中甦醒。看來她是誤會了，步美正準備加以更正，但時子早一步朝他和奈緒說一聲「那我先告辭了」，就此離開。和她的口吻一樣，她的步履同樣優雅而輕盈。

待她的背影完全遠去後，奈緒說道：

「她人真好。」

時子說的那句「男朋友」，奈緒應該也聽到了才對。為了化解現場尷尬的氣氛，步美也應道「是啊」。

不知為何，這時突然想起一句話。以前祖母愛子對步美說過的話，突然在耳畔響起。

——日後要是能無話不談就好了。

——你擔任使者的事，還有你爸媽的事，全部無話不談。

為什麼會想起這句話呢？想起之後，他發現一件事，急忙暗自搖頭。

與奈緒道別，返回公司的途中，手機震動。

不是公司用的手機，而是步美個人接受使者委託用的手機。他心想，可能是新的委託人吧，就此望向螢幕，接著暗自發出一聲驚呼。

『蜂谷　茂』

看到螢幕上顯示的人名，他心想，他今年終於打來了，接著心想，已經來到這個季節啦。與平常接受委託時相比，此刻他的心情顯得柔和許多，他應了聲「喂」，接起手機。

「您好啊，蜂谷先生。」

聽到步美的應答後，電話的另一頭傳來一個略顯沙啞的老人聲音應道。

『好久沒向您問候了，我是蜂谷。使者先生，近來過得可好？』

「我很好，好久不見了，蜂谷先生最近可好？」

對步美來說，對方與他認識，而且個性好相處。不過，此人卻是如假包換的使者委託人。自從步美從祖母那裡繼承使者的職務後，兩人便有往來，算算已將近七年之久。

『託您的福。雖然中間空了一段時間，但今年我還是打了電話給您。』

對方以優雅的緩慢語調回應。

『就是這麼回事，使者先生。今年可否同樣麻煩您與絢子小姐聯繫呢？』

他說出已不知提出過幾次的委託內容。

步美急促地吸了口氣，應了聲「好的」。一切都和上次一樣。

他在手機緊貼耳朵的狀態下仰望頭頂，看見樹枝上冒出一顆顆開始變大的花蕾。

想到對方今年又是選在櫻花開花前的這個季節打電話來委託，心中便感慨良深。

「我明白了。我接受您的委託。」

蜂谷已多次提出要和同一位對象見面的委託，但每次都遭受對方拒絕。

電話另一頭的聲音，以平靜的語氣說道『謝謝您』。

2

步美還在擔任使者見習生時，當時仍是使者的祖母愛子告訴他，有蜂谷這號人物的存在。

那是步美還在念高中的那年春天。

當時大部分的委託電話都是祖母接的。那年春天，為了正式接替使者的職務，祖母教導步美許多事。例如用來與死者交談的鏡子要如何使用、與死者的對話方式、與委託人的接洽方式。當中，對於之前有過怎樣的委託，祖母告訴他許多案例。透過使者與死者見面，是一種特殊狀況。這並沒有什麼訣竅，而它一般的對應方式也沒特別規定。像是過去遇過怎樣的狀況，是怎樣的情形，除了一一傳授這些「特殊」的經歷外，根本沒有什麼方針可循。先前祖母告訴他的那些「案例」，至今仍在步美這位使者背後支撐著他。

某天——

「關於蜂谷先生的事，我也差不多該讓步美你接手了。」

祖母對他說道。

「蜂谷先生？」

「今年他可能還是會打電話來，你就和我一起去見他吧。」

當時的委託電話雖然都還是由祖母接聽，但交涉幾乎都是由步美來處理，祖母已不和委託人見面。步美不懂她話中的含義，為之一愣，祖母就此告訴他緣由。

祖母說，有人就算一再被拒絕，還是不斷地提出要和某位死者見面的委託。

「有這種人？」

與死者提出會面的交涉，最後被拒絕的例子，相當少見。

祖母常說，當委託人聯繫上死者時，這當中應該多少存在著「緣分」的力量，而想見面的願望無法實現的人，在他找上使者之前，就會很自然地被過濾掉。

「也有要求見面遭拒的情況啊……」

步美忍不住如此低語，愛子則是一派輕鬆地回道：「當然有啊。」

「可是，奶奶妳不是常說嗎。對使者的委託，有人不管再怎麼撥打，就是聯絡不上，但有需要的人，自然而然就能聯絡上。如果會被拒絕，那聯絡上使者不就沒意義了嗎？」

「有時也會因為被拒絕，而在當事人心中整理出某個我們所不知道的東西。雖然另外也有幾位像這樣的委託人，但他們在得知見不到面之後，似乎就能從中感受到某種含義。」

拒絕見面要求的死者們，有的會在交涉時，向居中安排的祖母說出自己為什麼不想見的明確理由，也有人什麼也不說，就只是下了一個不想見面的結論。不管理由為何，只要委託人沒問，祖母絕對不會主動告知。

被拒絕的委託人所展現的態度，聽說各式各樣都有。

「為什麼不和我見面」，有人一再追問，也有人什麼也不問，就只是回了一句「這樣啊」，露出鬆了口氣的表情，就此離去。

「對他們來說，光是能得知對方不願見面的這項事實，就有其意義是嗎？」

「我不知道，不過，應該就是這麼回事吧……因為他們都沒人因此動怒。」

「動怒？」

「例如氣得破口大罵，說使者是騙子，打從一開始就沒辦法讓人和死者見面，就像這種人。」

祖母呵呵輕笑。步美最喜歡祖母這種微帶調皮的微笑。

「這些人心中原本就早已想好對方不願意見面的理由。」

不過，像蜂谷先生這種人，又是不一樣的情況。

就祖母所知，儘管遭到拒絕，卻還是前來委託的人，只有他一個。

「他到底是想和誰見面呢？家人？還是愛人？」

步美對此感興趣，想一探究竟，但愛子卻偏著頭應道：「這個嘛……」

「他應該就快要提出委託了，接下來你就直接當面問他吧。今年已是第三年。」

「第三年？」

「他四十多歲時第一次委託，平均五年一次。而七十多歲後，則改為三年一次。今年是第三年。」

從祖母的口吻中得知，對方已有相當年紀。從四十多歲一直到七十多歲，這麼長的時間他一直都提出委託嗎？步美驚訝得說不出話來。

也不知祖母是如何看待步美的驚訝，她接著道：「也許步美你現在還不會懂。」

「因為人上了年紀後，會開始意識到，自己逐漸從想見對方的立場，轉變成自己也會到另一個世界去的立場。他一定是認為五年一次實在是等不及了，所以現在才改成三年一次吧。也許他其實每年都想委託，但如果黏得太緊，又會被大小姐討厭。蜂谷先生心中，還是有他注重的禮貌和原則。」

祖母不經意地提到「大小姐」，這句話令人在意，不過祖母再度像調皮的孩子似的，說了一句「以後你就會知道」。

「因為他每次都是在櫻花開花前提出委託。」

結果那年，蜂谷果真打電話來委託。

地點是在一家高級料理店的包廂裡，可以望見種有櫻樹的漂亮中庭，步美和祖母同行，第一次見到蜂谷。

3

他打開神樂坂的高級料理店「八夜」的大門。

七年前，在祖母的帶領下，第一次穿過店門時，他大感驚訝，心想「真的是這裡嗎」。那寬敞的老舊民宅改建而成的氣派店面，令他大受震懾，走進店內時還感到躊躇，祖母朝他背後輕推，說了一聲「進去就對了」，當時祖母推他的觸感，至今記憶猶新。

第一次與委託人見面的場所，大多是由使者負責引導，但蜂谷打從第一次向祖母委託的時候起，就都指定在這家店見面。

他們被帶往位於店內二樓的包廂。說到料理店的包廂，給人的印象不外乎是鋪榻榻米的和室房間，可以望見竹筒添水的聲響響遍屋內的日本庭園。但「八夜」的二樓卻是歐式房間，中央是一張擺有漂亮插花的桌子，四周是新潮的皮椅。

窗外可以望見中庭，但那也不是步美想像中的庭園，而是只種有一棵樹的小庭園。看到庭園後，祖母說「那棵是櫻花樹。再過一陣子，從這裡就能看到盛開的櫻花」。

雖然只有一棵樹，但庭園很用心維護，美不勝收。

從那之後，已過了很長一段歲月。身穿和服的女性和上次一樣迎接步美入內，並對他說「已恭候多時」。然後和之前一樣，被帶往二樓的包廂。

步美單獨前來，這已是第二次。

委託人蜂谷茂，是這家高級料理店的老闆。聽說他以前都是自己在廚房擔任主廚，不過步美第一次前來時，他就已經退休了。原本是在京都某家店裡學藝，不過他三十五歲那年，因某個機緣，某人將東京的這棟建築轉讓給他，他加以改建後，便擁有這家店。

「打擾了。」

入內一看，蜂谷早已在裡頭等候。他坐著望向步美，面露微笑。

「歡迎光臨。每次都要您跑一趟，真是抱歉。」

「不，哪兒的話。承蒙您與我聯絡，我很高興。」

第一次見到蜂谷老先生時，覺得他長得像狗，有張和善的表情。蓬鬆的白髮和眉毛。眼鏡下的雙眼，就連不笑的時候也常瞇著眼，就像覺得刺眼般，面容慈祥，長得很像狗，另外，那蓬鬆的眉毛則是和羊有幾分神似。之後有一次在街上碰巧看見牧羊犬，步美忍不住叫道「啊，蜂谷先生」。他整個人散發的氣質與英國古代牧羊犬極為相似。

不過，今年的蜂谷先生與上次和步美見面的時候相比，感覺變得更矮小了。雖然他原本個子就不高，不過頭髮和眉毛給人的蓬鬆印象，和以前差了一大截。感覺並非單純只是髮量變少，而是整體的存在感變得很薄弱。

待步美就座後，蜂谷向女服務生吩咐道「那就請開始吧」。女服務生應了聲「是」，把門關上，就此離開包廂。

蜂谷每次都是在他的料理店包廂裡一邊享用店內提供的兩三道菜餚，一邊說出他的委託，這幾乎已成了固定儀式。初次見面那年，吃到那浮在透明的高湯上，裡頭包甜筍的蝦肉真薯時，那軟嫩的口感令人難以置信，感動到無法言喻。

「這個太棒了，真好吃。」見步美搗著嘴這麼說，祖母和蜂谷都笑了。「很好吃對吧。」祖母笑著說道，看起來很開心。

「所以我每次都順著蜂谷先生的好意到這裡來。其實我們不該和委託人這麼親密，但因為這裡的菜真的很可口。」

親密──祖母雖然這麼說，但她和蜂谷都很懂得分寸拿捏，並未跨越彼此應保有的距離。在享受美食的這段時間，兩人看起來如同相識多年的老友，但蜂谷應該連祖母姓什麼都不曉得。

從上次步美獨自前來接受他委託時，也感覺得出來。

「之前那位使者女士是否一切安好？」

蜂谷應該是隱約猜得出步美是愛子的孫子，但他還是很禮貌地這樣詢問。所以步美也坦白回答。

「去年過世了。」

在多次的委託下，應該也算是相識多年，但因為彼此不算是朋友，所以蜂谷並不知道祖母的死訊。聽步美這麼說，他微微合上眼，沉重地長嘆一聲。接著緩緩低頭行了一禮。

「這樣啊。我都不知道，真是抱歉。」

「哪兒的話……」

那天，在用餐的最後送上桌的，是浸泡過黑蜜的葛粉條。在這家店的料理中，祖母說她特別喜歡這道。

「請帶回去吧。」

蜂谷如此說道，取來一根用暗黃綠色的和紙包好，仍處在含苞待放狀態的櫻樹枝。之前和祖母一起來的時候，他並沒給這根樹枝，所以步美心想，他的意思一定是要他以這根櫻樹枝供在祖母的墳墓前。步美心想，他真是位正直又誠實的人。

其實蜂谷這次的委託，與上次的時間間隔拉大了。照往常來看，上次委託後的第三年理應是去年才對，但他卻又隔了一年，今年才提出委託。

「去年我做了個小手術。雖然不嚴重，但肺積水，做了抽水手術。因為這個緣故，去年才沒能與您聯繫，提出委託。」

可能是看出步美心中的好奇，送來第一道菜後，蜂谷自己主動說出。「這樣啊。」步美應道，接著蜂谷頭一偏，露出調皮的笑容。

「想必讓您操心了。就算您以為我已經死了，那也是沒辦法的事，想到這裡，就覺得很不甘心。」

「我才沒那麼想呢，不過，心裡感到落寞倒是真的。您與我聯絡，我很高興。」

步美如此回答後，蜂谷頷首應道：「謝謝您。」

第一道菜是文蛤湯。裡頭還有魚丸，但與步美相比，蜂谷碗裡的魚丸明顯小得多，從對面座位就看得出來。也許是蜂谷動完手術，食欲減退的緣故。

「每次都是一樣的請求，請見諒，我想見的人，是袖岡絢子小姐。」

蜂谷如此說道，將照片擺在桌上。裝在相框裡的黑白照片，是一張團體照。好像是以蜂谷在京都學藝的那家料理店當背景，穿日式裙褲的人、穿西裝的人、穿日式服裝的人、穿洋裝的人，全站在一起拍團體照。

「之前也跟您提過，這個人是我。之前在京都一家名為『袖岡』的料理店工作。」年輕時的蜂谷，在照片中身穿白色廚師服的人群中，站在最角落的位置。

他口中的「絢子小姐」在照片中央，就坐在一名留著帥氣鬍子、身穿裙褲的男子，以及一位身穿和服、模樣溫柔的婦人中間。她放下披肩的黑色長髮，面朝前方。聽說是戰後過了幾年才拍的照片，但每個人都一本正經，沒人面露微笑。

「很漂亮吧？不過，她的個性很剛強。給人的感覺，是一位好勝的美女。」

「哦。」

光看照片的話，這位單眼皮，長得像日本人偶的絢子，雖然漂亮，但看不出她有多剛強。甚至還給人一種身材纖細，文靜而夢幻的印象。

「絢子小姐她……」

蜂谷說。

「天生就身子骨孱弱，沒能好好上女校就讀，不過，為了排解無法外出的鬱悶心情，她常來找我們這些料理店裡的廚師。尤其是我，因為和她年紀相近，她常和我說話。當時我十八歲，絢子小姐十四歲。」

「是。」

步美將碗裡的湯喝完後，蜂谷幾乎一口也沒喝，以很自然的動作悄悄朝碗蓋上蓋子。或許就連減量的料理，蜂谷也吃不下。

他接著道：

「不過，雖說我們兩人會親暱地交談，但畢竟身處於那樣的時代。我老家位在出雲的深山裡，我是家中的三男，待在家裡也只是多一張嘴吃飯，所以我出外找工作，就此投靠料理店，在店裡當夥計。戰爭結束後，很多事都變了，但老爺還是把我留在身邊，我對此心存感激。那家店大有來頭，接待的客人都是出身名門的貴客，或是新到任的美軍幹部軍官，我要和老爺的獨生女隨意交談，原本理應是不許有的事，但因為老爺和夫人都為人和善。他們可能是見絢子小姐身子柔弱，感到不捨，所以平時小姐外出都會命我陪同隨行。」

蜂谷一臉懷念地瞇起眼睛，露出凝望遠方的視線。

「小姐出外找朋友，我奉命保護，出門購物，由我負責提。雖說那是一家大有來頭的料理店，但當時優秀的廚師都被徵召上戰場了，店裡的經濟並不富裕，但老爺和夫人還是讓絢子小姐購買自己喜愛的物品，享有這項樂趣。不過，小姐買的並非昂貴的和服，頂多就只是買一些不同種類的漂亮千代紙。她也會買棋盤圖案的紙送我，對我說『蜂谷，這個給你』。雖然她就只是交到我手上，冷冷地說一句『送給你人在老家的母親，她一定很開心吧』，但如今回想，她真的很善良。」

這件事已聽他談過很多次了，但步美並不會覺得無聊。倒不如說，透過蜂谷的描述，他心中的「絢子小姐」彷彿就此變得鮮活起來，令人感到興致盎然。尤其是他模仿絢子的口吻時，聲音變得尖細生動，而且用的是京都方言，相當精采。

「我很仰慕絢子小姐。說來慚愧，那應該是現代人所說的『愛意』吧。」

「嗯。」

蜂谷就像提到什麼耀眼之物般，他所說的「愛意」，儘管已聽了很多遍，但那份新鮮還是令步美深受感動。他靜靜地點著頭。

「不過，這說起來很理所當然的事，但在不同於現今的那個時代，這則是身分相差懸殊的單戀。我並沒有因為喜歡絢子小姐，而有什麼非分之想，而且話說回來，絢子小姐打小就已經有未婚夫，名叫宮嶋昭二，預定由他入贅繼承『袖岡』。絢子小姐也總是向朋友炫耀說『昭二先生總有一天會來到我身邊』，衷心期待結婚之日的到來。我有一次也陪同絢子小姐到大阪去和昭二先生見面。」

「您帶著自己心愛的絢子小姐去那裡，心情不會很複雜嗎？」

步美心想，以現在的感覺來提問，或許會與事實有落差，但他還是開口詢問，蜂谷聽他這樣詢問，似乎也很開心，搖了搖頭說「不會」。

「說來也真不可思議，我看到絢子小姐和昭二先生在一起，不知為何，連我也跟著覺得開心。我心想，多登對的兩人啊，連我也感到與有榮焉。可是……」

蜂谷的口吻變得沉重。他像在回味般，緩緩道出等在後頭的命運。

「眼看結婚在即，絢子小姐卻在十六歲那年過世。真的是令人……非常非常遺憾。」

聽說絢子自幼便常生病，患有嚴重氣喘。蜂谷剛到店裡學藝時，蜂谷見絢子那近乎透明的蒼白膚色，大為吃驚。明明是個好勝的少女，手腳卻和玻璃工藝品一樣纖細，他為絢子以及她的父母感到同情。

「除了氣喘外，也許她天生身體就有什麼缺陷。如果是現今的醫療，或許就能清楚查明原因，而延長其壽命，想到這裡就覺得她很可憐。明明還那麼年輕。老爺和夫人總是一再感慨地說，絢子就這麼孤零零地死了。尤其是夫人，更是長吁短嘆。」

「嗯。」

「最後婚事沒了，『袖岡』由我當時學藝時的主廚成為老爺他們的養子，就此繼承家業。我也在那裡學藝多年，到了三十五歲左右獨立開業。儘管後來有了自己的店面，還是跟老爺和夫人保持密切的往來。深深浸染著絢子小姐相關回憶的那家店以及主屋，現在我就算閉上眼睛，一樣可以憶起每一個細節。那裡是我的青春。」

蜂谷端正坐好。他睜大細長的雙眼，筆直地望向步美，眼瞳微帶灰色。

「使者先生。我提出想和絢子小姐見面的要求，已有很長一段時日，為什麼她不和我見面，我自己也明白原因何在。想必她心想，這只能實現一次的重要機會，為什麼非得用在蜂谷身上不可。會這麼想也是理所當然，而且可能有人比我更想見絢子小姐。我這種暗戀的行為，看在絢子小姐眼中，一定覺得我太不知分寸了。會被拒絕也是無可厚非。」

「但你還是想見她對吧？」

「對。」

蜂谷用力點頭，接著莞爾一笑。

「今年恐怕一樣行不通，但我還是想請您幫忙。請代為向絢子小姐傳達。」

「我明白了。」

步美頷首，剛好這時送來第二道料理。料理的容器一擱下，頓時滿室生香。往容器內窺望後，發現是個像麻糬的東西，上頭擺上小小一團山葵。啊，這氣味是櫻花。

「這是以道明寺[13]連同鯛魚一同蒸煮而成，請趁熱吃。」

「那我就不客氣了。」

「使者先生，我們店內春天的招牌菜，已招待過您不少次了，下次您想吃點什麼呢？」

雖然說話的語氣開朗，但話中已假想了會有「下次」的委託，步美聽了有點難過。蜂谷從委託階段起，就已經死心，認為這次也同樣見不到絢子。

蜂谷每次都是在春天櫻花開花前的這個季節提出委託。雖然沒細問，但步美心想，可能是絢子的忌日就在這個時節吧。

結束短暫的餐聚後，蜂谷送步美來到一樓的入口處。走向樓梯的這段路上，步美覺得蜂谷的步伐比之前更加虛浮、緩慢。

「這家店很像。」

來到走廊半途，蜂谷突然說道。步美轉過身來，望向窗外的櫻樹。

13. 以道明寺粉做成的和菓子。道明寺粉則是以蒸糯米曬乾後磨成的粉末。

「與位在京都，絢子小姐曾經住過的袖岡家主屋非常相似。庭園裡同樣也有櫻樹。」

京都的那家店，現在或許已不在了。蜂谷的口吻採用的是過去式。

「位於東京的這家店，當初前任屋主和我有緣，問我要不要在這裡開店，其實我原本想婉拒。因為在京都住久了，就算日後要開一家自己的店，地點也會選在京都。但當我抱持輕鬆的心情來到這個場所後，才看一眼便為之著迷。」

就像很受不了自己似的，蜂谷接著說道。視線從窗外移回步美臉上。

「之前我也曾經從別人那裡聽說關於使者的存在，但當時我不認為自己有資格提出委託。但等到這家店營運上軌道後，我才開始有這個念頭，就此提出第一次的委託。我也許是心想，我現在有自己的店，好歹也算出人頭地了，想讓絢子小姐看看現在的我。而當我聽到她不願和我見面的答覆後，我心想，唉，果然不出我所料。我自己明白，提出這樣的要求，實在太不知分寸，太看得起自己了。」

使者先生——蜂谷喚道。定睛望著步美。

「今年可以幫我多轉告一句話嗎？」

不同於之前的委託。「什麼話呢？」步美望向他，蜂谷以灰濛的眼瞳筆直地注視著他。

「希望你能轉告絢子小姐。蜂谷那個小鬼，都快要八十五歲了。」

蜂谷臉上泛起平靜的微笑，如此說道。

「只要說這句話就夠了。再麻煩你轉告。」

4

「你說的絢子小姐，是那位超級任性的千金小姐對吧？今年又來委託啦。」

聽到杏奈那辛辣的回答，步美長嘆一聲。「不該說人家任性吧？」他回了一句，杏奈聽了之後噘起嘴說道：「是沒錯啦，不過……」

「聽你描述後，我就有這種感覺。她就答應和對方見面不是很好嗎？」

執行使者的任務，亦即召喚死者的靈魂，詢問是否願意和活人見面，展開交涉時，步美常會借用秋山家的庭園。

這次同樣也是前來借用庭園，但是被杏奈攔住。她對步美說：「我有朗讀的習題，你聽我念。」

國語習題規定要朗讀教科書，而專用表單上有個欄位，要由監護人在上面畫圈，不過今天杏奈的父母不在家。杏奈向他請託道：「我原本打算自己畫圈，但既然你來了，那正好。」

「音量」、「朗讀速度」、「姿勢」等五個項目，他一一在上頭畫圈。不過話說回來，對方是杏奈，她那清晰、毫無停滯的朗讀聲，就像童星在試鏡一樣，堪稱是專家級。

朗讀的習題確實就像杏奈說的，她大可自己畫圈交差了事，但也許她是想讓步美見識她朗讀得有多好。想必絢子也不希望讓個性古怪的杏奈說她「任性」吧。

步美苦笑應道：

「關於這點，委託人蜂谷先生自己也明白。比起他，絢子小姐一定有更想見的人。明知如此，但還是壓抑不了想見她的這份心意。」

「嗯，是這樣嗎。」

關於使者的委託內容，步美就連對了解情況的杏奈父母也很少說，但一遇上杏奈，不知為何，自己就忍不住說了出來。之前也像這樣，在幫她寫習題、看電視、吃點心的同時，便講出許多事。這有兩個原因，一是因為她是秋山家的「當家」，令他有一份安心感，二是因為杏奈很善於問話。

因為這個緣故，關於一再前來委託的蜂谷，步美也在去年說出他的事來。理應是該前來委託的第三年，蜂谷卻沒主動聯絡。該不會發生什麼事了吧。當步美為此擔心時，杏奈很明確地對他說道：「你放輕鬆，不會有事的。應該明年就又會來委託了吧？」

仔細想想，杏奈這種不為所動的態度，與祖母愛子很相似。步美心想，自從祖母過世後，他一直都以杏奈當使者的諮詢對象，相當依賴她。

「不過，真是太好了。」

「嗯？」

「今年他再度前來委託。」

「嗯。」

蜂谷看起來變得很矮小。而且還告訴他，自己去年動了個大手術，所以才沒辦法來。步美想起這幾件事。現在是三年提出一次委託，但接下來或許會縮短間隔時間，改為兩年一次，或是一年一次。

這透露出蜂谷已自認來日無多。

——希望你能轉告絢子小姐。蜂谷那個小鬼，都快要八十五歲了。

那句話不就是這個意思嗎？

「不過步美，為什麼你今天又一副無精打采的樣子呢？」

「咦？」

突然被問這麼一句，步美為之怯縮。不知從什麼時候起，杏奈以認真的眼神注視著他。她那又圓又大的眼瞳筆直地透射出光芒，教人無法直視。

「沒有啊……」

「沒有嗎？可是我有這種感覺呢。」

步美這時想得到的唯一原因，就只有奈緒。但他以為自己沒那麼在意。從事使者的工作，常會被委託人的情況牽著走，因為這個緣故，他往往會將自己個人的生活和煩惱看得很淡。

「沒事吧？」

杏奈問。聽到這孩子如此認真的聲音，步美心裡很開心。他很感謝杏奈替他操心。

「我沒事。」步美應道。他心想，這孩子的心思敏銳，這點也和奶奶很像。

「嗯。對了，我希望你用一般的情況來看，給個意見……」

杏奈的神情驟變，視線從步美臉上移開。說話時不看步美眼睛，這點很不像杏奈。

「……關於回送情人節巧克力，男生對於自己不喜歡的女生也會這麼做嗎？步美，你以前呢？」

聽了之後，步美不禁瞪大眼睛。「意思是……」他正準備發問，但話還沒說出口，杏奈卻發火道：「我不是說了嗎，要你用一般的情況來看，給個意見。不是我自己遇上了什麼事！」明明說想聽取意見，卻又怒氣沖沖地把臉轉向一旁。

看到杏奈的模樣後，步美驚覺一件事。

杏奈同樣也日漸長大。時間不斷在流逝。

在秋山家的庭園深處有個角落，有一整排長滿苔蘚的石頭，當中有一塊呈圓形凹陷的岩石。凹陷處不時會積滿雨水，在水面上反射月光。有一次在這昏暗的庭園深處，它看起來就像夜空的亮光被吸進這個凹洞內一樣，所以從那之後，步美常將鏡子放在這個地方，舉行召喚死者的儀式。

蜂谷思念的人──絢子，這次同樣在鏡子綻放的光芒引導下，出現在月光下。就像她照片裡的形象一樣，穿著和服，顯得楚楚可人。

「袖岡絢子小姐。」

在步美的叫喚下，她頭微微一偏，望向步美。眉毛上方切齊的劉海，給人的感覺活像日本人偶，劉海下方的單眼皮雙眼微張，宛如覺得刺眼般。她緩緩眨了眨眼，就像在說這光線很礙眼。接著很慵懶地抬眼望向步美。

中間有一段短暫時間的空白。

絢子好不容易才以慵懶的口吻開口道：

「有什麼事？又是你啊。」

——很漂亮吧？不過，她的個性很剛強。給人的感覺，是一位好勝的美女。

蜂谷出示絢子的照片，以少年般的眼神如此說道。光看照片的話，確實看不出她的個性剛強，反倒還給人一種身材纖細，文靜而夢幻的印象，但是在一再交涉的過程中，步美也明白那只是她外表給人的印象。雖然在蜂谷面前不好意思說，但其實他很想對蜂谷說「我明白」。

步美心中暗自苦笑，但沒顯現在臉上，如此說道：

「蜂谷茂先生說他想見您，您願意見他嗎？」

「不見。」

絢子很肯定地說道，這次同樣沒半點猶豫，並以犀利的目光瞪視著步美。

「之前我不是說過了嗎。蜂谷以為他見得到我，這實在太可笑了，不是嗎？」

透過使者與活人見面，對絢子來說，也同樣只有一次機會，祖母在第一次與她交涉時，便已告訴過她。

「我明白了。」步美頷首。

在交涉的階段，使者站在死者或委託人的其中一方幫對方說話，原則上是不可能的。雖然心裡很想幫蜂谷的忙，但步美一直提醒自己謹守分際。

「很抱歉請您出來。」

「這樣我很困擾呢。為了蜂谷，一再來到這種地方。」

絢子如此說道，冷若冰霜的臉轉向一旁。儘管差點因為她那冷淡的態度而感到挫折，但步美還是不忘補上一句「這次我答應了對方一件事」。

「蜂谷先生託我傳話。我在此照他說的話轉告您——『蜂谷那個小鬼，都快要八十五歲了。』」

從步美的位置，看不到背對他的絢子此時的表情。就此靜靜等候。絢子沒答覆。等了半晌，什麼事也沒發生。

步美微微嘆了口氣，不讓絢子察覺。

「我明白了。我會轉告蜂谷先生，說您拒絕這項要求。」

正當步美放棄，準備伸手拿鏡子時。

「等等！」

突然傳來剛強的聲音。步美嚇了一跳，急忙將伸出一半的手縮回。絢子緩緩轉過頭來。看得出她臉上表情的變化。不同於先前的高傲、面無表情，此時她秀眉微蹙。

步美倒抽一口氣。

絢子看起來內心起了動搖。

「……蜂谷今年要八十五歲了？」

那聲音與之前的絢子大不相同，聽起來顯得很孩子氣。不過，或許這也是理所當然。如果絢子是以她這模樣的年紀離開人世，那她一直是維持十六歲的年紀。

蜂谷從四十多歲起，每五年就提出一次委託。之後每三年提出一次。

絢子是怎麼看待蜂谷委託的時間，這問題步美之前從沒想過。對陽世的人們來說，時間的流逝與陰間的人截然不同。蜂谷多年來不斷提出的委託，對絢子來說，或許感覺就只是像眨眼一樣短暫。

她應該不知道自己死後已過了這麼長的時間。

「是的。」

步美頷首。這次換絢子說不出話來了。她緊咬薄唇，沉默不語，默默望著天空。她心裡起了怎樣的念頭，無從得知。

但經過一番漫長的沉默後，絢子開口道：

「我願意見他。」

步美瞪大眼睛。接著絢子說道：

「請轉告蜂谷，就說我願意見他。」

她此時的口吻，像極了剛才杏奈為了掩飾自己的難為情和尷尬所作的反應，絢子一臉不耐煩地說道。

5

不知他會喜出望外，還是驚訝得說不出話來。

本以為蜂谷一定會是其中一種反應，但蜂谷在接到步美打來的電話後，倒是顯得出奇冷靜。

『這樣啊。她願意見我。』

他以平靜的聲音說道，接著微微吁了口氣，如此而已。

「會面的場所，選在品川的一家飯店。下一個滿月之夜，會在這裡備好房間，可以請您來一趟嗎？」

步美問。這時蜂谷的聲音感覺有點顫抖。

『請問，見面地點可以由我指定嗎？』

「不好意思，地點向來都是固定的。」

蜂谷該不會是想在自己的店裡見絢子吧。與絢子住過的主屋很相似的這家店。

雖然心裡替他難過，但這不是步美個人的意思可以改變的事。聽祖母說，充當會面場所的那家飯店，或許是死者的世界和月光的通道。

『我想也是。』

這還是第一次聽蜂谷表現出如此為難的一面。步美心想，或許應該再對他說句什麼才好，但蜂谷卻搶先說道：『那我明白了。』

『情況我了解。那就請轉告絢子小姐，謝謝她的賞光。』

說完後，就此掛上電話，但隔天，蜂谷再度打電話來。

『很抱歉，關於會面的場所，可以和您商量一下嗎？』

「請說。」

聽他這樣開口，步美本能地有所防備，以為他一定是想要求選在飯店以外的地點見面，但並非如他所想。

『位於品川的那家飯店，房間是否可以盡可能挑選低樓層呢？我調查後發現，那裡的一樓和二樓似乎設有餐廳和宴會廳，但三樓有一部分可以住宿。如果可以，希望能選三〇八號房或三一七號房。』

聽他這麼一說，步美大吃一驚。在過去的委託案例中，從來沒有委託人自己指定房號。雖然驚訝，但那家飯店與秋山家有好幾代的交情，這樣的要求應該會同意。

「……我明白了。我會向他們確認。」

『謝謝您。』

彷彿可以看見蜂谷在電話的另一頭很恭敬地低頭行禮。

『託您的福，下次滿月可能會是晴天。我很期待那天的到來。』

就像是在感受重逢的喜悅般，蜂谷的聲音這時候才顯得很興奮。

6

與絢子見面的這天夜裡，果真如蜂谷所說，是個晴天的滿月之夜。正好是賞櫻的時節，飯店占地內的櫻樹，也都特別打燈照亮。可以看到許多前來夜間賞櫻的人潮，似乎不是飯店的房客。

蜂谷穿著一件帶有春意的白色夾克，頭上戴著一頂藍灰色的狩獵帽，就此現身。之前在店裡見面時，便覺得他很重門面，而今天的打扮更是比平時年輕。前幾天和他見面時，覺得他的步履比以前緩慢許多，但今天他沒拄枴杖，自己一個人瀟灑地前來。

「這次要請您多多關照了。」

在大廳一見到步美，蜂谷馬上深深一鞠躬。

「與絢子小姐的會面，已為您備好您想要的三〇八號房。她已在房內等候。」

聽步美這麼說，蜂谷的兩頰頓時為之緊縮。這是等了好幾年，甚至是好幾十年，才得以美夢成真的重逢。連步美也感受到他的緊張。

「會面的時間是從現在到黎明。結束後，請回到大廳來。我在樓下等您，到時候請叫我一聲。」

「使者先生，關於這件事，可否再接受我這個老頭一個任性的要求呢？拜託您。」

「咦？」

「我和絢子小姐的會面，您可以一起陪同在場嗎？」

咦！步美發出一聲短短的驚呼，接著才從喉嚨大聲地喊出一聲「咦～」，蜂谷一臉為難地抬頭望著步美。

「沒辦法嗎？」

「問題不在這裡，蜂谷先生，這樣的話太可惜了。你一直想見絢子小姐，現在好不容易能見到她，我不在場的話會比較好……」

步美這麼想，望向蜂谷，這時他才猛然發現……

蜂谷交疊放在胸前的手，正不住顫抖。抖得相當嚴重。可能是為了停止顫抖，他一臉難為情地緊握手指。但這下子連緊握的拳頭也跟著顫抖起來。

「我很害怕。」

蜂谷極力以若無其事的聲音說道，他朝沉默不語的步美露出逞強的微笑。

「因為我不是絢子小姐真正想見的人。只有我和她兩個人，能否好好交談，我實在沒自信。可以請您陪同嗎？我希望您能在一旁見證。」

這可是破天荒頭一遭。但他的心情，步美倒也不是不能理解。因為對方是個性強悍的大小姐。而且……他望向蜂谷那青筋浮凸、布滿皺紋的手，要讓年輕時就過世的絢子看到自己現在這副模樣，想必很不安吧。

「……如果您和絢子小姐同意的話。」

「謝謝您。」

蜂谷緊握步美的手。說來也真不可思議，就在這時，感覺蜂谷的手已停止顫抖。

蜂谷鬆開手，做了個深呼吸。他終於恢復平時的模樣，對步美說道「那我們走吧」。

7

將房門卡插進絢子等候的三〇八號房。

顯示可以入內的綠色燈號亮起，步美打開房門。他右手比向房內，請蜂谷進房，蜂谷點了點頭，惴惴不安地走進門內。步美也動作輕細地跟在後頭。

絢子坐在梳妝台前的椅子上。

蜂谷吸氣的聲音，聽起來像笛聲一樣尖細。儘管只看得到背影，但一樣透過空氣清楚傳來他的驚訝和感慨。

「是蜂谷嗎？」

今日的絢子身上穿的不是和服，而是洋裝。看起來材質輕柔的白色女性襯衫，搭配紫色長裙。襯衫胸前別著浮雕胸針，只看過絢子和服裝扮的步美覺得很新鮮，不過當年絢子或許也常穿洋裝。

「絢子小姐……」

蜂谷朝絢子走近。步美緩緩跟在後頭。蜂谷那對令步美覺得很像是乖狗狗的蓬鬆眉毛，底下一對細眼瞇得更細了，他喃喃低語著：「真教人懷念啊。」

「真教人懷念。好久不見了。我是蜂谷。」

「蜂谷，你……你完全變成一個老頭子了。哎呀。」

「對、對。我已經是個老頭子了。絢子小姐，真對不起。我成了一個老頭。」

「拜託。真是難以置信。」

絢子如此說道，做了個鬼臉，猛搖頭。與絢子見面後，蜂谷就像受她影響似的，說話改成了京都腔。當時他們一定都是這樣交談。絢子很不耐煩地瞪視著沉浸在感慨中的蜂谷。

「把您請來這裡，真的很抱歉。」

「就是說啊。再怎麼不懂分寸，也要有個限度。」

看他們兩人的模樣，步美心想——啊~真是太好了。

因為絢子的言談雖然冷淡又不客氣，但蜂谷的表情卻無比開朗。儘管嘴巴上說「對不起」，卻打從心底感到開心，笑得無比開懷。

「真的很抱歉。請您和我見面，但我卻成了一個老頭子，真的很對不起。」

「咦……」

這時絢子才發現步美的存在。覺得立場很尷尬的步美，朝絢子行了一禮。

絢子准許步美在場，他覺得無事可做，就此用為他們兩人準備的茶具組泡茶。絢子和蜂谷隔著房內的一張小桌子迎面而坐。步美坐在一旁的床邊，注視著他們兩人。

「蜂谷，你今年八十五歲啦？」

開口說話的人是絢子。她略顯困惑地望著蜂谷，蜂谷笑咪咪地應了聲「是的」。重逢的興奮情緒已平靜下來，這位慈祥的老爺爺恢復平時的沉穩。

絢子咬著嘴脣說道：

「這表示大家都已經不在了對吧。我爸媽也是。」

蜂谷仍是笑咪咪的神情，既沒點頭，也沒否認。「不在了」這句話聽了教人難過。蜂谷不發一語地凝視著絢子。絢子深吸一口氣。

「櫻子、潤子、薰、三船老師也……」

絢子接連說出幾個人名。

當中應該有幾個是和絢子年紀相近的人，如果是這樣，不見得已不在人世。雖知自己這是多管閒事，但步美還是如此暗忖，這時沒想到絢子接著說道：

「每個人都不在了，連昭二先生也是……」

步美記得，這是絢子她未婚夫的名字。絢子的聲音突然變得低沉，顯得沙啞而柔弱。

「除了你之外，應該沒人想見我吧。」

聽到絢子這句話，步美猛然一驚。

絢子以求助的眼神望著蜂谷。蜂谷和剛才一樣，就只是笑咪咪地望著絢子。絢子向他問道：

「不管我等再久，始終都沒人來見我，除了你之外。」

「我是在碰巧的情況下得知世上有使者的存在，我想，其他人應該是不知道吧。」

蜂谷這才開口回答。臉上始終掛著微笑，語氣也同樣開朗而平淡。

「而會相信這種事的怪人，大概也只有我了。」

「騙人。你知道後，一定會去拜託昭二先生，要他來見我，對吧？但他一定沒來見我。」

蜂谷這次沒回答。他很快又變成只會面露微笑的擺飾。

步美驚訝地望著他此刻的模樣。

從事安排死者與活人會面的工作，有時常會覺得，死者就像是映照出活人現今樣貌的一面鏡子。

與出現在眼前的是否為真正的死者無關，活在陽世間的人，是因為想反映出自己現在的某樣東西，才與死者面對面。有時看起來就像是希望能挨死者責罵，甚至是鄙夷。

但今天完全相反。絢子此刻想從蜂谷身上看出自己不在人世的這段歲月，而蜂谷也甘於承擔這個角色。

一道熱淚從絢子眼中流下。

蜂谷緩緩取出自己的手帕，遞給絢子。絢子也沒將它推開，直接拿起手帕抵向自己眼角。這時蜂谷才道出原委。

「絢子小姐，我之所以一直想見您，是因為想在自己臨死之前，好好向您說明您過世後發生的事。所以才請使者先生代為轉告，說蜂谷也已經快要八十五歲了。」

蜂谷望向絢子，眼神中透著難為情。

「您的父親、母親、朋友、老師，還有昭二先生，在您過世後，沒有一天沒想念您。尤其是您的父母，他們總是說，讓您自己一個人孤零零地死去，百般不捨，您離開人世後，他們的心一直與您同在。我們絕對沒拋下您。也一直都沒忘了您。」

絢子放下手帕，抬起淚汪汪的雙眼。蜂谷就像要跟絢子講道理般，對她說道。

「我一直都希望妳能活下去。」

「竟敢直接用『妳』來稱呼我，蜂谷，你挺跩的嘛。」

停止哭泣的絢子似乎已重拾原本的傲氣。蜂谷笑著應道：「請您見諒。」

「因為比絢子小姐您多活幾年，上了年紀，所以講起話來帶點說教口吻。真的很抱歉，絢子小姐。」

「蜂谷，你喜歡我對吧？」

絢子的雙眼突然瞇成一道細縫。但那已不是像瞪人般的銳利目光，而是凝望遠方，像在緬懷過往的眼神。絢子戰戰兢兢地說道：

「我清楚記得，你曾經對我說『絢子小姐是我崇拜的對象，您的幸福就是我的幸福』。」

「我確實說過這麼大膽，又不知分寸的話。承蒙您還記得，蜂谷真是幸福之人。」

「我不在之後，你都過著怎樣的日子？」

「在『袖岡』繼續學藝，到了三十五歲左右自立門戶。我目前在東京的神樂坂有一家店，名叫『八夜』。不過我現在已沒親自下廚了。」

「當初在廚房裡被眾人欺負而暗自流淚的蜂谷，也會有今天啊……」
「是啊。連我自己也不相信。」
「『袖岡』後來怎樣？」
絢子注視著蜂谷，進一步問道。
「當初說好的，就算我死了，也會收昭二先生當袖岡家的養子，和結不結婚沒關係。我過世之後，大家一定會作這樣的決定，這我知道。現在『袖岡』是由昭二先生繼承對吧？」
「繼承『袖岡』的人，是當時的主廚近藤先生。現在已由他的徒弟接班了。」
「咦！你說什麼！」
絢子的表情大變。步美也暗自發出一聲驚呼，心想，有必要告訴絢子小姐這麼多嗎，轉頭望向蜂谷，但蜂谷仍舊一派輕鬆地坐著。
絢子一臉茫然地追問。
「那個人沒到京都來嗎？」
「這樣不是很好嗎？昭二先生原本就不適合料理這一行。雖然曾在他父母開在大阪的店裡學過一點手藝，但他很快就大喊吃不消，轉往金融業開公司去了。就算到我們店裡，可能也不會順利吧。」
「什麼嘛！」
在咄咄逼人的絢子面前，說這麼多好嗎？步美看得心驚膽跳，但蜂谷還是一樣的態度。

「我心想，雖然他不適合走料理這條路，但他還是想和您結婚。」

「……可是，到頭來，他還是沒到京都來對吧。」

「對。」

「蜂谷你呢？」

絢子問。她眼中透射出透明且溫柔的光芒。

「你的家人呢？該不會因為怕忘記我，而一直保持單身吧？」

經她這麼一問，蜂谷一臉為難地莞爾一笑。

「不不不，我在東京開店後，馬上就相親認識一名女性，並和她結婚。生下三男一女，一共有四個孩子，我那家店現在是由長子在經營。」

絢子睜大眼睛，說不出話來。她望著蜂谷發愣，過了一會兒才說道：

「這麼說來，你……」

「是。」

「不就很幸福嗎？」

「是的，我過著很幸福的人生。」

「真是夠了！什麼嘛，說什麼崇拜我，結果我死後，大家不是都過得很幸福嗎！」

「是很幸福，但沒人會對少了妳的人生感到慶幸。」

蜂谷仍面帶微笑，但此時是以更為堅定的口吻說道。絢子沒想到他會以如此堅定的語氣回應，為之一愣。蜂谷緩緩站起身，朝絢子走近。

來到坐在沙發上的絢子面前後，蜂谷恭敬地跪下。

「您的父母、朋友、昭二先生，還有我，大家雖然都各自走向不同的道路，但我們真的都很想和您一起共度。但如果可以選擇的話，就算命運不同，我沒能擁有自己的店面和家人，我還是希望能活在有妳的世界。其他人也和我一樣。大家都是同樣的心思，妳一直都在我們的心裡與我們同在。」

蜂谷靜靜望著絢子。

「我就是想告訴您這件事。」

「……你就只是為了這個，而專程來見我？」

絢子原本那兇悍的表情，從她臉上消失。緊握手帕的手鼓足了力。蜂谷應了聲「不」。

「其實我請絢子小姐您來的最主要原因並不是這個。我是想讓您再看一次春天的櫻花。」

步美為之一驚。

蜂谷笑咪咪地轉頭望向一直站在一旁的步美。

「可以請您幫忙打開窗簾嗎？」

「好。」

這間房用的是遙控自動開啟的窗簾。步美按下按鈕後，呈現眼前的是明亮的夜。

有滿月的月光，以及為夜間賞櫻的遊客設置的聚光燈。窗外是一大片明亮的夜。

步美這才明白蜂谷希望選低樓層房間的用意。

只要稍微往窗下望，盛開的櫻花就近在眼前。可能是蜂谷事先詢問過飯店，查出哪一間房可以清楚看見櫻花。

——傳來「嘩～」的一聲讚嘆，聽起來相當陶醉。

步美一時間沒聽出來，那率真可愛的聲音是從絢子口中發出。但發出這聲音的人確實是絢子，她緊貼著窗邊，朝窗外景致看得無比入迷。

「好美啊，太美了！」

「是的。」

「真的很漂亮呢，蜂谷。」

「嗯。」

「那是從樹下用燈光照射嗎？櫻花看起來就像用折紙做成的花朵一樣，好清楚。」

「嗯。」

蜂谷面帶微笑，頻頻點頭。他開心地瞇起眼睛，幾乎快瞇成一道細線。

「絢子小姐最喜歡櫻花對吧。」

看絢子那雀躍不已的模樣，步美頓時想到，之前蜂谷想將會面地點選在自己店裡那件事。從他店裡的包廂可以望見中庭的櫻樹。

絢子天真無邪地望著樓下景致，這時蜂谷突然朝她身後後退一步，手伸進眼鏡內，緊按雙眼。

那只是很短暫的一瞬間，絢子完全沒察覺。蜂谷按住雙眼，微微張開口。他就像吁了口氣般，在這一吸一吐的短暫瞬間，他的嘴型似乎說了一句：「太好了。」步美全瞧在眼裡。

蜂谷之所以每次都挑在這個時節前來委託，並不是因為絢子忌日的緣故。而是為了選在櫻花盛開的時節重逢，蜂谷才會每次都在這時候委託。

「蜂谷，從那邊的窗戶也看得到吧？」

「是，要從那邊看是吧。」

在絢子的叫喚下，蜂谷走向前的這段時間，他急忙地擦了擦眼角，並重新戴好眼鏡。

帶著蜂谷一同賞櫻的絢子，看起來無比開心。

「點份櫻餅來吃吧。」

步美開口說道，望著窗外的兩人這時不約而同地轉過頭來望向他。那模樣很整齊劃一，略顯滑稽，看了忍不住想笑。

「客房服務裡頭應該有販售櫻餅，就像春天賞花套餐那樣。」

「不錯哦！我可以點一份嗎？」

步美原本心想，說「客房服務」，絢子不知道聽不聽得懂，但是聽絢子這麼說，步美馬上點頭，並恭敬地應道：「我明白了，小姐。」

步美一直陪他們兩人賞花，直到黎明。

雖是期盼多年的重逢之夜，但年事已高的蜂谷中途差點打起瞌睡，絢子見狀，朝他臉上一拍，喊道：「醒醒！」從晚上到黎明，櫻花打光的變化，絢子百看不厭。

步美點了客房服務的賞花套餐，裡頭有櫻餅、日本酒，外加一小根櫻樹枝，絢子看了大為開心。在消失之前，她一直握著那根樹枝。

「蜂谷。」

最後時刻即將到來，步美盡可能與他們保持距離，靜靜旁觀。

絢子出聲叫喚。

「謝謝你。我作夢也沒想到，竟然還能再看到櫻花。」

「絢子小姐，謝謝您。」

蜂谷說。

「我很慶幸自己能認識您。」

絢子嫣然一笑。將手中的櫻樹枝遞給蜂谷。就在蜂谷接過的同時，絢子消失。

在宛如從夢中醒來的短暫時刻裡，絢子只留下這根櫻樹枝，整個人從房內平空消失。

蜂谷像失了魂似的，望著她原本所在的位置。他緊握櫻樹枝的手微微顫抖。顫抖一直持續，動作愈來愈大。

見蜂谷沉默良久，步美正準備朝他走近時，蜂谷將櫻樹枝高高舉起，然後維持這個姿勢，當場癱坐在地。

「蜂谷先生──」

步美以為他是身體不適昏厥，急忙跑向他身邊。但並非如此。蜂谷淚流不止，高舉著櫻樹枝，就像要向那根樹枝求助般，放聲嚎啕。

步美伸手攙扶，蜂谷一面說「抱歉」，一面抓緊步美的手臂。在哭泣聲中，斷斷續續說出他心中的感慨。

「……絢子小姐仍是十六歲的年紀。」

嗚嗚嗚。蜂谷一臉痛苦地發出嗚咽聲，接著說道：

「她每年都很期待賞櫻的日子。她天生身子骨虛弱，人們都說不知道她能活到多大年紀，她應該比我們想像的都還要期待下次能再看到櫻花盛開。就像不知道能否活到明年一樣。」

「是。」

步美攙扶著蜂谷老先生瘦弱的身軀，連他也感受到這股椎心之痛。他只能一味地點頭。

「是。」

「我一直想讓絢子小姐再看一次。」

儘管會讓絢子看到自己老邁的模樣，但蜂谷還是想和絢子重逢。因為，想和絢子見面，而且能讓她看到櫻花的人，就只剩他一個了。

——蜂谷那個小鬼，都快要八十五歲了。

為了這個目的，他告訴絢子，這是最後的機會了。想讓絢子看櫻花的這份心意，或許是他自己一廂情願的想法，之前他多次陷入這樣的內心糾葛，但他還是很想看到絢子站在櫻樹前開心的模樣。

蜂谷弓身趴在地板上，不斷嗚咽。手中緊握那根櫻樹枝，無比珍惜。

在蜂谷得以重新站起身之前，步美一直摩挲著他的背。

8

在朝陽下，他送蜂谷到飯店的計程車搭車處。坐上車前，蜂谷面對步美，一臉疲憊地露出微笑。

「讓您看到我的醜態了。」

「不，一點都不會。」

「請恕我冒昧問一句，使者先生，您結婚了嗎？」

「啊，還沒……」

「這樣啊。」

正當步美感到納悶時，蜂谷接著說了一句：「日後……」

「日後您要是有喜歡的對象，請帶來我店裡，讓我招待兩位。」

「不，您這番厚意，我怎麼好……」辦完事後，蜂谷便不再是委託人了，所以步美心想，日後他不會再到神樂坂「八夜」去了。婉拒的話差點就此脫口而出，但看到蜂谷以溫柔的眼神望著他，步美就此改變心意。

「……我會自己出錢到店裡用餐。」

「哦，我們店裡消費不便宜哦。」

蜂谷開心地說道。步美也笑著應道：「我知道。」

從計程車搭車處也能望見飯店內的櫻花。見蜂谷的視線望向櫻花，步美也很自然地望向同樣的方向。

「能活在同一個時代，是很珍貴的一件事。」

蜂谷緩緩說道。與其說是對步美說，不如說是在獨白。

「我們活在世上，常會想起絢子小姐，但卻無法和她一起度過同樣的時光。能和自己思念的人、珍惜的人，一起存在於同樣的時光，這是多麼珍貴的事啊。」

蜂谷轉頭望向步美說道。這次是清楚地對著步美說：

「你還年輕，請不要讓自己留下遺憾。」

蜂谷第一次不是用「使者大人」來稱呼，而是改用「你」。這句話射穿了步美的胸臆。

他對蜂谷應了聲「是」。蜂谷頷首，與他道別後，坐上計程車。步美一直目送他離去，直到他坐的計程車穿過開滿櫻花的馬路，完全消失蹤影為止。

在前往公司的路上，他以手機傳送簡訊。

『早安。我有話想跟妳說，可以到輕井澤去找妳嗎？』

本以為奈緒可能還在睡覺，但沒想到她竟然已經醒了。馬上傳來她的回覆。

『早安！是要談上次提到的「積木拼圖」商品化的事嗎？』

雖然有點躊躇，但步美還是馬上回覆道：

『不，不是工作的事，是個人的私事，方便嗎？』

在收到她的回覆前，步美無比緊張，像孩子似的，心臟噗通噗通直跳。

他想起祖母說過的話。

自從上次在K-garden巧遇小笠原時子後，他一直在思索這句話的含義。

——步美日後要是結婚……

——如果你結了婚，要是能跟你的另一半無話不談就好了。你擔任使者的事，還有你爸媽的事，全部無話不談。

那天，在外頭巧遇委託人。如果同行的人不是奈緒，步美想必心裡會更焦躁吧。可能會極力想要蒙混過去。之所以不會這樣，或許是因為步美心裡有個念頭。

那就是——只要哪天全部告訴奈緒就行了。

當然了，說出秘密，會造成對方的負擔。但就算現在沒馬上說也無妨。他希望日後有天能告訴奈緒，至少希望能傳達自己此刻的心意。

步美喜歡奈緒。

德國與日本這麼點距離，根本沒什麼。

他會令奈緒感到為難，也很可能會被她拒絕。步美小奈緒三歲。就算奈緒覺得他不夠可靠，那也是沒辦法的事，而最重要的是，對接下來正要拜師學藝的奈緒來說，這或許會令她感到困擾。但步美的意中人，現在和他身處同樣的世界、同樣的時間裡。活在同樣的時空中。

如果是奶奶，應該會替我加油吧。

一想到這裡，他馬上打消原先的念頭。

不，正好相反，如果是奶奶，她或許會說，這樣會給奈緒添麻煩，而罵我一頓。祖母在世時，他明明從沒向祖母說過自己談戀愛的事，但為什麼會不由自主地有這種想法呢？

一陣微風吹來，櫻花飄散。

——如果是她的話，不知道會怎麼說，步美思索著這件事，今天同樣過著日子，走在這條道路上。

這時手機震動，他望向螢幕，似乎是奈緒傳來了訊息。他壓抑自己加速的心跳，緩緩點開畫面。他很怕接著往下看。

『ＯＫ！下禮拜二如何？』

看了之後，他全身鬆了口氣。

『就這麼說定了。』他回了這行字，收起手機，朝旭日升起的方向邁步前行。

謝辭

在執筆寫第二章〈歷史研究者〉時，請川村蘭太先生寫了一首故事中的短歌。在已經決定好的故事框架裡，要照著作者創作出的虛構歷史創作短歌，是令人頭疼的難題，但川村先生還是展現了包容力和理解力，寫出這首出色的短歌，我由衷感謝。

此外，在執筆寫第三章〈母親〉時，聽服部和子小姐和深木章子小姐提到她們的故事。同意我將她們對家人的重要回憶寫進《使者》的小說世界中，我心裡萬分感謝。

關於故事中提到的德語，我請來熊谷徹先生翻譯和監修。幫了我這位不用功的作者很大的忙，託他的福，這才得以呈現出故事中重逢的場景。真心感謝。

此外，也很感謝新潮社的木村由花小姐。

倘若沒有由花小姐，《使者》一書便無法問世。雖然花了很長的時間，但第二部也出書了，履行了我的承諾，要是日後能委託步美把這本書轉交給她就好了。

很感謝與各位讀者間的「緣分」。謝謝大家。

國家圖書館出版品預行編目資料

使者：思念之人 / 辻村深月著；高詹燦譯. -- 初版. -- 臺北市：皇冠, 2020.10 面；公分. --（皇冠叢書；第4882種)(大賞；121)
譯自：ツナグ 想い人の心得

ISBN 978-957-33-3589-4（平裝）

861.57　　109012878

皇冠叢書第4882種
大賞｜121

使者 思念之人

ツナグ　想い人の心得

作　　者—辻村深月
譯　　者—高詹燦
發 行 人—平雲
出版發行—皇冠文化出版有限公司
台北市敦化北路120巷50號
電話◎02-27168888
郵撥帳號◎15261516號
皇冠出版社(香港)有限公司
香港上環文咸東街50號寶恒商業中心
23樓2301-3室
電話◎2529-1778　傳真◎2527-0904
總 編 輯—許婷婷
責任編輯—蔡維鋼
美術設計—王瓊瑤
著作完成日期—2019年
初版一刷日期—2020年10月

法律顧問—王惠光律師

讀者服務傳真專線◎02-27150507
電腦編號◎506121
ISBN◎978-957-33-3589-4
Printed in Taiwan
本書定價◎新台幣340元/港幣114元